2

宇野朴人

illustration ミユキルリア

七魔劍支配天下

Kadokawa Fantastic Novels

「即使不用言語
也能傳達，
你只會讓真正的主人
騎自己吧？」

奈奈緒・響谷
Nanao Hibiya

「——怎麼了，皮特！」
奧利佛・霍恩
Oliver Horn

「沒——沒什麼啦！別、別過來！」
皮特·雷斯頓
Pete Reston

「——想參加這場祭典的人！
現在立刻報上名號吧！」
圖利奧・羅西
Tullio Rossi

米雪拉・麥法蘭
Michela McFarlane

CONTENTS

Seven Swords Dominate

Presented by Bokuto Uno

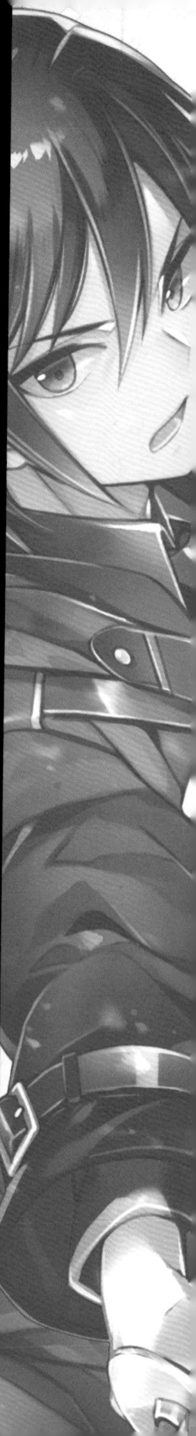

七魔劍支配天下

2

Seven Swords Dominate

宇野朴人
Bokuto Uno

illustration
ミユキルリア

Kadokawa Fantastic Novels

第一章

Broom Ride
帚術

他從未如此輾轉難眠，就連作的夢都很奇怪。

肩膀以下都浸在不冷不熱的泥巴裡。與其說手腳沉重到無法自由行動——不如說就連泥巴和自己身體的分界都十分曖昧，讓他迷失了自己的形象。

泥沼不斷冒出氣泡，彷彿底下有火源般，從底部逐漸被加熱。他一察覺這點，就開始驚慌地拚命掙扎，努力划動沒什麼感覺的手腳，但依然無法擺脫泥沼。

熱氣開始逐漸從腳底攀升。諷刺的是，那股熱反而逐漸在他與泥巴之間形成鮮明的輪廓——

「——嗚啊！」

在全身熱到難以承受的瞬間，皮特．雷斯頓從床上跳了起來。

「呼、呼、呼……剛才的夢是怎麼回事……！」

少年在陰暗的房間裡大口喘氣，感覺自己的身體像剛全力衝刺過般發燙。溼床單黏在肌膚上的不快感，讓他皺起眉頭。

「可惡，流了好多汗，得快點換衣服……」

放衣服的櫃子就在床旁邊。皮特一將手伸向那裡，就瞬間察覺不對勁並停止動作——感覺有點奇怪。雖然說不太上來，但活動身體時的所有感覺都變得莫名新鮮。然後——在那當中，有個部位讓人覺得特別不踏實。

「…………？」

皮特疑惑地往下看。他單手掀起被子，看向「那個部位」——

「——呀啊啊啊啊啊啊啊啊啊啊啊啊啊啊啊啊？」

一道慘叫劃破早晨的寧靜，奧利佛在聽見聲音的瞬間，就從床上一躍而起。

「——怎麼了，皮特！」

他抓起放在床頭櫃上的杖劍跳下床，迅速進入備戰狀態看向室友。只見皮特紅著臉將被子拉到脖子上。

「沒——沒什麼啦！別、別過來！」

奧利佛反射性想走向皮特，但是卻被少年激動地阻止。這個出乎意料的拒絕，讓他困惑地歪了一下頭。

「——？呃，怎麼可能沒事會叫那麼大聲。如果有什麼異狀就坦白說——」

「我說沒事就是沒事！別過來，不准再接近了——！」

皮特的語氣變得愈來愈激動，甚至開始隨手抓起身邊的東西扔過來。奧利佛察覺對方幾乎已經陷入驚慌，於是舉起雙手試圖安撫——

「冷靜點，皮特！我不會對你做什麼！所以先用說的——唔！」

但在奧利佛的努力奏效前，飛過來的時鐘已經先擊中他的鼻子。

「啊，三位早安……咦？」

三個女生在餐廳吃早餐，男生們比她們晚了約十分鐘才到學校。卡蒂率先察覺異狀。奧利佛和凱的表情看起來有些困擾，皮特則是站在與他們隔了一段微妙距離的地方。

「你、你們吵架了嗎？感覺氣氛有點奇怪……」

「不，我和奧利佛都跟平常一樣。是這傢伙——」

「哇啊！別、別碰我！」

皮特敏感地跳著躲開想輕拍自己肩膀的朋友的手。凱嘆了口氣後，直接坐下。

「……如你們所見，他突然變得像是進入叛逆期的兒子。不管怎麼問，他都堅稱『什麼事也沒有』。你們怎麼看？」

「嗯？好像……也不是身體不舒服。」

「哇哇哇！」

就連面對起身走過來的雪拉，皮特也一樣過度敏感地往後退，讓縱捲髮少女沮喪地垂下肩膀。

「也不願意讓我靠近啊……被朋友像這樣拒絕，還真是令人難過。」

「不、不對！不是那樣的……！」

雪拉悲傷地低下頭後，皮特驚慌失措地辯解。卡蒂見狀，就停止用餐問道：

「該不會是凱對他做了什麼吧？皮特，你可以偷偷告訴姊姊喔？」

「為什麼有嫌疑的不是跟他同房的奧利佛而是我啊。還有誰是『姊姊』啊？我斜前方明明只坐了個小鬼頭。」

兩人針鋒相對，互瞪了幾秒後，各自用右手拿起叉子和湯匙上演了全武行。雪拉開口訓斥不守規矩的兩人，奧利佛朝那裡瞄了一眼後，跟著在東方少女旁邊坐下。

「早安，奈奈緒……妳知道皮特怎麼了嗎？」

「早安，奧利佛。很遺憾，在下也不曉得發生了什麼事——但皮特今天看起來確實跟平常不太一樣。」

奈奈緒凝視著皮特，直接說出自己的感想，皮特受不了一直被盯著看，沒入座就直接轉身離開。

「我、我先走了……！今天盡量別找我說話！」

「皮特，你不吃早餐嗎？這樣對身體——」

眼鏡少年沒有理會縱捲髮少女的勸阻，快步離開餐廳。奧利佛看著少年的背影嘆了口氣。

「……看來暫時只能先觀望了。」

「在地上爬行的可憐生物們，歡迎你們的到來！你們將在今天進化！」

四十幾個一年級生在操場集合，一個年輕的男教師瀟灑地出現在他們面前，用毫無惡意的語氣如此說道。雖然有些學生因此皺起眉頭，但男教師臉上的笑容像是衷心在祝福他們。

「雖然普通人有許多讓人同情的地方，但最可憐的一點還是『不能在空中飛』。你們也這麼覺得吧？一輩子都只能待在地面，死後還要被埋進土裡，再也沒什麼比這還要悲慘又難堪的事情了——啊，順帶一提，我將來當然是要鳥葬。因為我想回歸天空，而不是土裡！」

男教師得意地如此說道。或許是因為入學沒多久就體驗過很多次，已經沒有學生會對金伯利教師這種程度的狂言感到驚訝。甚至還有人小聲吐槽「反正最後還是會變成鳥糞回歸土裡」。因為說話者就是旁邊的凱，害奧利佛得稍微憋笑。

「大概就是這樣，我叫達斯汀．海吉斯，在金伯利負責教帚術。請大家叫我達斯汀老師。因為一些個人因素，我跟老家的關係不太好。

唉，總而言之，這堂課沒有掃帚就沒辦法開始。所以我先帶大家去『掃帚之家』！跟我走吧！」

帚術教師開始大步領著學生們往前走。東方少女跟在後面，表情凝重地雙手抱胸。

「唔唔唔……這個時刻終於到了。」

「？奈奈緒，難得聽妳說這種話。原來妳也有不安凌駕好奇心的時候。」

「與其說是不安，單純只是不認為自己能夠做到。如果是生物也就算了，在下完全不覺得能夠騎著掃帚飛上天。」

奈奈緒坦率說出真心話。奧利佛聞言後露出微笑。

「……原來如此，妳也誤會啦。」

「唔？」

「我告訴妳一件事——『掃帚不會在空中飛』。不管在魔法界還是普通人的世界都一樣。」

「什麼？可是奧利佛，你現在不正——」

背著掃帚嗎？奈奈緒看向他的背。那裡確實背著一支長度跟少年身高差不多的掃帚。奧利佛沒有回答對方的疑問，臉上繼續帶著神祕的微笑——就在這時候，他們來到一棟高大的建築物前面。

「這裡就是『掃帚之家』。有些脾氣比較粗暴，大家要小心一點。」

達斯汀提醒完學生後，拿起白杖。隨著門閂被咒語解開，鐵門發出沉重的聲響朝左右開啟。一陣溫熱的空氣從裡面流洩出來。

「……唔？這個味道是。」

察覺不對勁的奈奈緒開始到處聞來聞去，其他還有幾個人也做出相同的反應，帚術教師看著他們笑道：

「有些原本是普通人的學生似乎已經『發現』了。這裡不像是單純放掃帚的地方吧？特別是味道。」

說著說著，達斯汀走進建築物內。如同他所說，「掃帚之家」裡給人的感覺明顯不像「單純放掃帚的地方」。寬廣的空間裡到處散落著木屑和樹枝，整體充滿了動物的味道。真要說起來還比較像是馬廄。

學生們戰戰兢兢地走進門。下一個瞬間——一群掃帚飛到他們頭上不斷盤旋。

「唔喔——！」

「親近人的傢伙都聚集過來了。好好歡迎牠們吧。當中也包含了你們將來的搭檔喔。」

在學生們頭上盤旋了一會兒後，掃帚一支接一支降落地面靠了過來。面對這些確實可以用「親近人」來形容的舉動，奈奈緒用手指觸摸其中一支掃帚的握把頂端，瞇起眼睛說道：

「——牠們並非道具，而是『生物』呢。」

東方少女直觀地做出這樣的推論，教師也跟著點頭肯定。

「沒錯。正確來講是掃帚科野牛屬——牠們不是施加魔法的掃帚，而是貨真價實的『魔法生物』，會自己活動和繁殖。」

普通家庭出身的學生，都目不轉睛地看著掃帚自由奔放的舉動。達斯汀瞄了他們一眼後，繼續補充道：

「當然這並非擬態。據說很久以前有人把牠們的屍體撿回家用在打掃上面，這就成了『掃帚』作為道具的起源。按照順序來講，牠們其實比我們還早出現在這世界。雖然我們是最近幾千年才開始騎牠們，但曾有人在十萬年前的地層裡發現牠們的化石。以物種來說，牠們可是擁有相當長的歷史。

順帶一提，那邊的眼鏡同學。你現在腳下踩的就是掃帚的糞便。」

「嗚哇！」

皮特聽見後立刻跳了起來。他的反應讓達斯汀笑著說道：

「放心吧，一點都不髒。牠們吃的食物和我們不同。這些傢伙的主食是魔素和精靈——牠們通常是在空中飛時，順便將大氣內的這些東西攝入體內。比起進食，更接近呼吸。有些洄游魚也是這樣吧。」

奧利佛贊同地點頭。許多魚類不會鎖定目標狩獵，而是在海中快速游動，同時張嘴吃進海中的浮游生物藉此生存。掃帚這種生物則是在空中做相同的事情。

「當然，牠們也不是好心讓我們騎。對這些傢伙來說，由魔法師注入的魔力就像是一頓大餐。讓我們騎乘時，牠們是透過消耗我們的魔力飛行。因為能比自己飛的時候還要快，所以牠們也會覺得很暢快。」

教師摸著身旁的一支掃帚說道。看在普通人眼裡只是一束枯枝的尾端，其實也是反覆經過魔法生物學上的進化演變而成的形狀。明白這點的卡蒂，用閃閃發亮的眼神注視著掃帚。

「不過——既然是生物，那當然會挑騎手。雖然體格和個性也有影響，但最重要的還是魔力的質。如果不合牠們的胃口，就連騎都不會讓你騎……唉，如果用人類來比喻，就是如果只能挑一種啤酒無限暢飲，一定會想挑最合口味的吧？」

達斯汀自認舉了一個非常貼身的例子，但還不能喝酒的學生都聽得一臉似懂非懂。達斯汀毫不在意地繼續說明：

「只要用手摸一下握把，就能知道魔力是否契合。大家鼓起幹勁找搭檔吧！如果再繼續發呆，會被其他人搶走喔！」

這就是「選帚儀式」開始的信號。教師的話讓學生們慌張地展開行動。此時，米雪拉輕輕站到奧利佛旁邊。

「奧利佛，你有帶自己的掃帚來啊。」

「嗯，因為我已經騎得很習慣。可惜這樣就不能參加這裡的選帚儀式了。」

「我懂，我也很期待這個活動──那我先走了，奈奈緒、卡蒂、凱、皮特，我們都要找到最棒的搭檔喔。」

米雪拉連離得比較遠的皮特也一起鼓勵後，就走向其他同伴。卡蒂和凱凝視著在身旁飛來飛去的掃帚，馬上就陷入沉思。

「嗯～每一支看起來都好可愛……只能從裡面挑一支啊……」

「嗯……先、先選你好了？──唔喔，好危險！」

被惹惱的掃帚，用握把的部分敲向凱隨意伸出的手。奧利佛露出苦笑。不想讓不喜歡的人碰自己──這也是牠們作為生物的證明。

「……喂，那裡……」「……嗯……」

儀式開始幾分鐘後，忙著挑掃帚的學生們就逐漸察覺異狀。他們的視線，都集中在同樣邊走邊挑掃帚的東方少女身上。不過——有上百支掃帚在她的周圍飛舞。看見這個明顯與其他學生不同的狀況，教師佩服地說道：

「喔——Ms.響谷，妳是受到掃帚喜愛的體質呢。如果擁有純正又澄澈的魔力，很容易會變成這樣。看來妳應該能輕易找到自己的搭檔。」

「那還真是令人高興。受到這麼熱烈的歡迎，讓在下也喜歡上牠們了。

——唔？」

這情況與其說是奈奈緒在挑掃帚，不如說是一群掃帚跟著她走——但少女突然停下腳步。在建築物的最深處，有一個用來讓掃帚睡覺的掃帚架。她發現有一支掃帚動也不動地待在那裡。

「你不出來嗎？」

「啊——等等！那傢伙很不妙！」

達斯汀一發現奈奈緒走向那支掃帚，就慌張地大喊出聲，對困惑地回頭的少女說明：

「牠是一支性格特別暴躁的掃帚。而且還非常挑人，最近幾年都沒人能夠騎牠。如果隨便靠近，小心被牠踢成重傷。」

達斯汀語氣嚴厲地警告。奈奈緒聞言便輕輕點頭，但沒有轉身離開。即使周圍的掃帚都因為察覺危險而拉開距離，少女依然毫不畏懼地將手伸向沉默的掃帚——但掃帚恐嚇似的彎曲握把，讓頂端在她手指前方一掠而過。

「喔——原來如此。」

即使被激烈拒絕，東方少女仍無畏地再次伸出手。掃帚這次不客氣地像甩動鞭子般，用握把部分發動攻擊。奈奈緒用雙手一一化解那些攻擊，露出微笑。

「真令人懷念……秋風一開始也是這樣。」

少女的眼裡充滿鄉愁。在其他學生的緊張觀望下，奈奈緒平靜地對掃帚說道：

「即使不用言語也能傳達，你只會讓『真正的主人』騎自己吧？」

一聽見這句話，原本激烈反抗的掃帚就頓時停止動作。在緊繃的寂靜中，少女與掃帚互相對視。

「在下不會強迫拒絕自己的對象改變心意。在下只想傳達一件事——你眼前的這個小姑娘，最中意的掃帚就是你。」

奈奈緒在說出這句話的同時，堅定地伸出右手。她的眼神裡寄宿著絕不動搖的意志。

經過一段漫長的沉默後，掃帚在她面前一口氣飛到靠近天花板的地方，然後劃了一條大大的美麗弧線回到地面——等這段短暫但精湛的飛行結束時，掃帚的握把已經確實握在少女手中。

「——在下明白了。」

一起攜手共進吧。」

用手掌承受對方的心意後，奈奈緒凜然地握著新搭檔轉身。在一旁觀望事情發展的學生們，都一臉震驚地看著她。

「怎麼可能……」

就連教師也不例外。他呆站在原地，看著少女走向朋友。

「奧利佛，在下決定要挑這支掃帚！」

「——嗯、嗯。恭喜妳，奈奈緒。」

少年回過神後如此回答，奈奈緒自豪地在他面前舉起初次獲得的掃帚。達斯汀看著這副場景，用手摀住臉龐。

「……居然能將那支掃帚握在手裡……真是讓人有點，不對，應該說相當震驚。明明我試了好幾次都沒成功。」

不過……說得也是。畢竟『那個人』的魔力也一樣清爽又澄澈……」

男子苦笑地低喃，但這些話並未傳進其他人耳裡。然後——其實還有一個人和他一樣震撼。

「————」

「——？怎麼了，奧利佛，為什麼要一直盯著在下？」

少年的反應已經超越凝視，幾乎是想在少女和掃帚身上看出一個洞。察覺自己的失態後，他連忙將視線從少女身上移開。

「呃——沒什麼……這支掃帚應該很難馴服，妳要小心對待牠。」

「那當然！畢竟牠之後就是在下的搭檔了！」

奈奈緒滿心歡喜地回應。相較於她的天真無邪，奧利佛心裡產生一股不可思議的感慨。誰想得到——這支曾經只願意接納某個女子的掃帚，居然會再次被這個少女握在手中。

「選帚儀式」在進行了約一個小時後結束，儘管辛苦程度不一，但學生們都各自找到了搭檔的掃帚。等他們在操場上排成一列時，教師也已經振作起來重新上課。

「那麼——既然大家都已經找到搭檔了，接下來要正式開始上帚術課。所有人眼前都有馬鞍和馬鐙吧？」

說完後，教師低頭看向學生，他們腳邊的草皮上，都放著比一般的馬鞍和馬鐙還要小一點的裝備。雖然這些裝備的用途一目了然，達斯汀仍毫不在意地繼續說道：

「首先，要把這些裝備裝到掃帚上面。如果是一千年前就算了，現在沒有人會直接騎在掃帚上。如果有人想讓屁股破皮，那我也不會阻止——」

「裝好了。這樣就行了吧？」

奈奈緒裝好後，請教師幫忙確認，後者驚訝地從喉嚨發出奇怪的聲音。

「——好快！怎麼可能，這可是這堂課的第一個難關喔？按照慣例，新生應該會想用蠻力制伏掃帚，然後被掃帚打臉，就算是有經驗的人，面對第一次握的掃帚也得費一番工夫……！」

教師立刻衝過來挑毛病，但馬鞍和馬鐙的構造都相當簡單。確認裝的方向都沒錯後，就沒有其他地方能夠找碴了。達斯汀一下就檢查完畢，然後誇張地嘆了口氣。

「……唉，既然已經裝好，那就沒辦法了……話說又是妳啊，奈奈緒・響谷……我在金伯利教帚術也教了很長一段時間，坦白講我還是第一次在學生起飛前就被嚇到這麼多次。」

教師坦率說出這樣的感想。這段期間，其他學生也在裝馬鞍和馬鐙時面臨苦戰。有幾個人甚至被反抗的掃帚打到流鼻血，凱也是其中一人。過了約二十分鐘後，總算所有人都把裝備裝好了。

「很好，總算所有人都搞定了。有經驗的人應該會想馬上飛，但請你們今天先和初學者一起確認基礎事項——所有人，跨上掃帚！」

教師一下達指示，學生們就等不及似的跨上掃帚。緊接著就有人在教師下達指示前試圖起飛，然後因為掃帚不受控制而慌了手腳，教師從白杖放出魔法，讓那些學生接連失去飛行能力，墜落在厚厚的草皮上。

「我就知道每年都會有人想要偷跑。我不會罵人，你們別慌張，先做個深呼吸再重新騎上去——啊～真讓人放鬆。果然一年級生就是要這樣才對！」

看見熟悉的失敗景象，讓達斯汀深深鬆了口氣。經常被奈奈緒嚇到的奧利佛也莫名地感同身受，露出苦笑。

「先試著浮在約兩英尺高的地方三十秒吧。預備，開始！」

教師接著下達浮空的指示，學生們再次發出慘叫。能夠穩定浮在空中的人只有一半，許多人都立刻失去平衡。

「唔喔——」「哇哇哇！」

「哈哈，意外地很難吧！騎掃帚時，持續靜止可是比持續飛行還要困難！不過如果一開始就先習慣這種感覺，安全性就會大幅提升！——啊，那邊的那位同學！你先自我介紹！然後試著舉出騎掃帚時最常發生的意外狀況！」

教師突然提出問題，被問到的少年維持漂浮狀態回答：

「我叫奧利佛．霍恩。答案是緊急剎車時的墜落意外。對初學者來說，這和起飛時從掃帚上跌落並列最常發生的意外。」

「毫不慌張就立刻回答啊，真不可愛。唉，你說的沒錯。如果是從高空墜落，經常會變成死亡意外。遇到最壞的情況時，你們要記得讓腳先落地。如果當場死亡，就來不及施展治癒咒語了。」

教師說完後輕笑了一下，讓學生們感到不寒而慄。這並非恐嚇，而是騎乘掃帚時必然會伴隨的風險。這也是為什麼許多家庭會等孩子長大後才讓他們接觸掃帚，等他們像現在這樣開始具備成熟的判斷力時，再連同應付緊急狀況的方法一起教導才是最好的作法。

「……三十秒到了。唉，妳果然一次就過關了。」

「？就算你這麼說，在下只是單純騎在牠身上而已。」

教師瞄了東方少女一眼，她正一派輕鬆地低空漂浮，讓他不滿地噘起嘴巴。

「我就說那對初學者很困難了。我才不會被騙，妳一定不是初學者吧，不然未免也騎得太自然了。如果以前騎過就坦白承認。」

「在下沒有說謊——但這確實不是在下第一次騎在生物背上。必須將心比心地揣測搭檔的想法。這點無論騎掃帚或騎馬都一樣吧？」

或許是覺得單純浮在空中太無聊，奈奈緒在回答的同時靈巧地反覆微速前進與後退。教師皺起眉頭嘟囔：

「雖然我沒騎過馬……原來如此，馬啊。看妳這個樣子，或許兩者確實是有共通之處。唉，這也可能只是妳個人的主觀感覺，如果把這些話告訴這個業界的權威，他們說不定會非常震怒。」

教師說這些話時，隱約帶著笑容。他偶爾會露出和嘉蘭德師傅一樣的頑童笑容。儘管粗暴的發言很有金伯利教師的風範——但包含這點在內，奧利佛並不討厭這個老師。

「接下來終於輪到你們期待已久的飛行了——集合了，其他助手也一起過來！」

原本跟操場保持一段距離的高年級生一聽見教師的呼喚，就接連騎著掃帚飛過來。他們在著地的同時排成一列，二十幾名高年級生整齊地站在一年級生們面前。

「僅限於這次，他們會在地上幫忙看顧，所以你們不用擔心掉下來。不管你們以多猛烈的方式墜落，他們都會用魔法溫柔接住你們。你們就放心地盡情發揮——我說的沒錯吧！」

「「「「交給我們吧！」」」」

高年級生們敲了一下胸膛喊道。確認他們的身影為一年級生們帶來勇氣後，教師繼續上課。

「事情就是這樣，那麼先請有經驗的人來示範一下好了。我想想……首先是飛行方式非常標準的Mr.霍恩，然後是你，還有你——最後是妳，Ms.響谷。」

「唔。讓我和有經驗的人一起飛沒關係嗎？」

「沒關係。如果妳能盛大地失敗一次，我也會稍微安心一點。」

教師學不乖地繼續說出討人厭的話。奧利佛按照教師的指示出列後，對站在旁邊準備起飛的奈奈緒說道：

「……奈奈緒，不要勉強。從掃帚上掉下來是每個人一開始都會有的經驗。如果覺得無法自己降落，就找學長姊們幫忙吧。」

「在下知道了。不過——不曉得牠會不會乖乖聽話。」

奈奈緒低頭看向自己的掃帚笑道。確認所有人都準備好後，帚術教師開始進行最後的說明。

「準備好了嗎？從這裡起飛，飛一百碼後降落。到那條白線剛好就是一百碼。預備——起飛！」

教師拍了一下手當作信號，與此同時，四名學生的身體離開地面——但馬上就有一個人迅速超過其他人。

「——咦？」「啊？」「——」

其中兩人茫然地看著前方那個人的背影。即使以同樣的立場目睹那個景象，奧利佛依然毫不訝異。他早就知道如果讓她騎那支掃帚，一定會變成這樣——但其他人並非如此。教師一看見奈奈緒瞬間將其他人甩在後面，就驚訝地睜大眼睛。

「好快？那樣絕對停不下來，不如說降落時會摔得很慘！其他人快去幫忙！」

奈奈緒一下就跑完一半的距離，開始下降，讓教師連忙對助手們下達指示。他們當然也立刻擺出架勢。

「「「「減速吧（艾爾雷塔陶烏斯）！」」」」

並同時詠唱咒語。他們用魔杖朝速度快到不可能正常降落的東方少女放出減速魔法，總計有五道光芒看起來就要命中少女——

「——呼！」

但奈奈緒急速下降躲過那些魔法，在差點兒撞上地面的高度橫向劃出一條弧線減速。風壓讓草皮順著掃帚行進的路線劇烈晃動。奈奈緒就這樣剛好停在終點——苦笑地搔著頭看向呆住的助手們。

「哎呀，不好意思。在下已經盡可能想飛慢一點，但牠似乎比在下想的還要有活力。」

「…………咦咦咦～～～～」

教師像是看見了什麼不可理喻的存在般板起臉。少女在與晚一步降落的奧利佛等人會合後，就直接低空飛回來，教師沮喪地垂下肩膀。

「……算了，我認同妳了。Ms.響谷，我承認妳擁有驚人的才能。」

他用有些自暴自棄的語氣稱讚學生，然後指向對方的背。

「所以接下來是地獄的招募時間——妳小心手不要被拉斷啊。」

「唔——？」

奈奈緒感覺到氣息後轉身，高年級生們正用閃閃發亮的眼神看著她。

「我太感動了……！Ｍｓ.響谷，加入我們的隊伍吧！」

「不，武士少女，妳應該要加入我們！」「對了！我們每天下午三點都會提供點心！」

「不要像這樣騙小孩！我會自掏腰包，送妳最高級的馬鞍和馬鐙！」

「你這傢伙，賄賂是犯規的吧！」「那我們提供一年的代寫作文服務！」

「什麼，那我們就——！」

助手們接連提出各式各樣的條件招募奈奈緒，讓這場爭奪戰愈演愈烈，直到教師拍手打斷他們。

「好了，招募時間結束。你們幾個適可而止啊，現在還在上課喔？」

高年級生們在被責備後，沮喪地回到原本的位置。一年級生們訝異地看著他們的背影。

「如你們所見，這堂課也兼有提早從一年級生當中確保優秀人才的意義。你們要自己注意，不小心展露自己才能的傢伙，可是會被高年級生熱情地招募喔。Ｍｓ.響谷已經來不及了。」

教師露出壞心眼的笑容說道。他看著還不了解自己立場的奈奈緒，維持嘴角上揚的表情嘟囔：

「不過——看來從今年開始會變得很有趣。」

上午的課程結束後，就是午休時間。六人聚集在餐廳裡，討論的話題全都是奈奈緒披露的新才能。

「……真是太讓人驚訝了。即使入學後已經過了半年，奈奈緒——妳給人的感覺依然是深不可測呢。」

雪拉半是佩服半是畏懼地說道。奈奈緒津津有味地吃著肉派笑道：

「在下都不知道帚術居然是這麼有趣的課。真期待下次上課。」

「那真是太好了……奈奈緒，在期待的同時，可以順便教我一些訣竅嗎……」

凱一臉消沉地說道。他在上課時不曉得跌落掃帚多少次，已經連重新跨上掃帚都很吃力。奈奈緒思索了一下後說道：

「在下覺得凱想操縱掃帚的心情太強烈了。負責飛的是掃帚，我們只是騎手。必須將這點也考慮進去，多讓掃帚自由發揮。」

「換句話說就是別想要小聰明，重點是以誠意對待自己的搭檔。卡蒂可是有好好掌握這點呢。」

「欸嘿嘿嘿。雖然我無法做出像奈奈緒那麼厲害的動作。」

獲得稱讚的卡蒂害羞地搔著頭。凱因為輸給平常的吵架對象，不悅地別開視線。

「皮特，你也掉下來很多次呢。你們兩個要不要一起拜奈奈緒和卡蒂為師啊？」

「……隨、隨便你們怎麼說。我會自己複習。」

皮特說完後就不再回應其他人，默默切著盤子上的鮭魚送進嘴裡。高個子少年聳肩看向奧利佛。

「看來他的叛逆期還沒結束呢。孩子的媽，這年紀的孩子真難應付。」

「孩子的爸，沒辦法，這就是青春期啊。」

「你們兩個什麼時候成了我的父母！」

皮特拍著桌子反駁兩人的玩笑話。就在餐桌上充滿笑聲之際，有人主動過來搭話。

「──午安。真羨慕你們總是這麼熱鬧哩。」

說話者的語氣帶有濃厚的靴國（尤大利）口音。他們一看向聲音的來源，就發現有個瞇瞇眼的男子帶著親切笑容站在那裡。雖然知道對方同樣是一年級生，但六人都沒和他說過話。於是奧利佛略帶警戒地回答：

「……午安，請問你是？」

「我是一年級的圖利奧・羅西。啊，你們不用自我介紹。奧利佛，大家都認識你們。」

羅西笑著說完後，看向坐在桌子對面的奈奈緒。

「小奈奈緒從一大早就很引人注目呢。第一次騎掃帚就能飛成那樣實在是很厲害哩。哎呀，妳真的是太才華洋溢了。真希望妳能分一點給我哩。」

羅西對第一次交談的對象也是毫不害臊地直呼其名，開玩笑似的稱讚奈奈緒。雪拉立刻插話。

「Mr.羅西，奈奈緒的經歷可沒簡單到能用才能這兩個字概括。」

「小米雪拉，這我當然知道，我還不至於這麼沒眼光哩。哈哈──再怎麼說，也不可能只靠才能就打倒紅王鳥（迦樓羅）。」

羅西一說出這句話，細長的眼睛裡就顯露出危險的光芒。奧利佛加強警戒。雖然對方並未展現出明顯的敵意——但給人一種危險的感覺。

「我只是覺得有點寂寞。因為只有你們大出風頭，我們卻都被排除在外哩？真是太令人難過了。我啊，從以前就討厭被人排擠。只要看見有人玩得很開心，就會想參一腳。吶——你們這些對自己實力有自信的傢伙也這麼想吧！」

羅西刻意大聲對餐廳裡的所有人喊道。奧利佛感覺有許多視線都集中到這裡，於是用僵硬的聲音問道：

「……Mr.羅西，你到底想說什麼？」

「唉，也沒什麼大不了的哩。你想想，我們入學也已經半年了吧？差不多該仿效學長姊們做出決定了吧——『決定誰才是最強的一年級生』。」

這句話在學生之間掀起騷動——這是個非常單純的命題。如果有許多人對自己的實力有自信，他們自然會想追求答案。換句話說——就是誰才是最強的人。

「當然目前暫定的王者是小奈奈緒。我對此沒有任何意見。不過應該也可以給我們挑戰的機會吧？在我們當中——應該也有對迦樓羅鬧事時，自己居然不在現場這點感到遺憾的人吧。我當然也是其中之一。」

羅西笑著說道。奧利佛一臉嚴肅地看向對方——他最近一直都感覺得到「視線」。自從他和奈奈緒打倒迦樓羅後，就一直有猛禽般的視線在盯著他們。所以奧利佛並沒有對這個提議感到驚訝，他早就預料到遲早會有人對他們露出獠牙。

「戰到只剩最後一人，搞清楚誰才是最強的吧。不然大家心裡都不暢快。

喂，你們都聽見了吧？——想參加這場祭典的人！現在立刻報上名號吧！」

光是用肌膚就能感覺到學生們興奮的心情，羅西沒有放過這個好機會大聲呼喊。與此同時，一個坐在附近的女學生站了起來。

「——我贊成你的提議！」

一個身材嬌小的金髮女子高聲喊道。

「——Ms.康沃利斯？妳也打算參加嗎？」

「她、她是誰啊？」

「史黛西．康沃利斯，是我的親戚。她從以前就一直跟我保持距離，來這裡後也沒什麼機會說上話……」

康沃利斯無視雪拉的困惑，她大口喘著氣，擺出豪邁的站姿——原本坐在她旁邊的男子也跟著嫌麻煩似的起身。

「妳真的要參加啊……迦樓羅大鬧時，妳明明也在會場裡和其他人一起發抖。」

「喂，費伊……！才不是你說的那樣！我只是在慎重地觀察情況！」

康沃利斯以和剛才完全不同的幼稚語氣辯解。看來她和雪拉不同，這才是她本來的樣子。叫費伊的男子用力嘆了口氣。

「唉，就當成是那樣吧……Mr.羅西，我也要參加。雖然我對自己沒什麼自信，但只讓她一個人參加實在太危險了。」

說完後，費伊也舉手報名。從頭看到尾的羅西笑著說道：

「當然沒問題，只要想比，誰都能夠參加。啊～對了——我說那些沒能在迦樓羅事件中有所表現的傢伙。不如把這當成是洗刷汙名的機會如何？你們也不想一直以輸家的身分度過剩下的半年吧。」

羅西裝出體貼的樣子挑釁其他人後，許多人接連開口報名，面對這個沸騰的氣氛，奈奈緒開心地露出微笑。

「大家的臉上都充滿霸氣呢——真是不錯的氣概。可以的話，在下也想參加。」

說完後，東方少女主動舉手報名。羅西立刻露齒一笑。

「不愧是小奈奈緒，很清楚什麼是王者的風範——我是無所謂，奧利佛呢？明明小奈奈緒都說要參加了，你該不會只打算旁觀吧？」

羅西接著將矛頭指向同一桌的少年。奧利佛沉默了幾秒後，靜靜開口：

「……雖然我對最強一年級生的頭銜沒有興趣，但也不需要刻意迴避與同學競爭——我也參加。這樣你滿意了吧，Mr.羅西。」

奧利佛以帶刺的語氣回應對方的挑釁。兩人的視線迸出火花，羅西上揚的嘴角隱含著凶暴的喜悅，這讓奧利佛察覺一件事——在羅西親近態度的背後，潛藏著危險的鬥爭心。

「……既然如此，那我也沒理由不參加了。」

「咦——雪拉？」「喂，妳也要參加啊！」

縱捲髮少女在驚訝的同伴們面前靜靜舉起手。她那無畏的笑容，讓羅西更加開心地吹起了口哨。

「很好，真令人開心哩。這樣演員就全都到齊了。」

然後，他接著看向其他地方。在離他有段距離的大廳入口旁邊，坐了一個學生。

「Mr.安德魯斯，你要不要也來參加啊！你不是常說對自己的魔法劍很有自信嗎？更重要的是，你也是打倒迦樓羅的三個人之一！」

被點名的長髮少年——理查・安德魯斯靜靜起身。

「不好意思，我不打算參加……我現在該面對的不是別人，而是自己。我已經這麼決定了。」

「喔～這樣啊。所以你要夾著尾巴逃跑？哎呀，好遜喔！」

「隨便你怎麼說……我先告辭了。」

安德魯斯沒有理會對方，直接轉身離開餐廳。羅西困惑地看著他的背影。

「哎呀，走掉了……真意外，我還以為他是只要挑釁就會上鉤的類型哩。」

「那是以前的事情了。話說Mr.羅西——既然我已經參加，你剛才侮辱理克的行為就顯得太輕率了。」

雪拉收起笑容瞪向對方。羅西慌張地舉起雙手辯解：

「喔～好可怕。對不起，我只是稍微煽動他一下，不是真的要說他的壞話。」

羅西稍微輕浮地解釋完後，立刻拉回正題。

「既然參加者都湊齊了，就來決定活動的具體流程吧。話雖如此，正常地舉辦錦標賽也不怎麼有趣吧？應該也有人不想規規矩矩地在白天的學校決鬥。」

羅西一面拐彎抹角，一面環視參加者的臉。然後，他從懷裡掏出一枚銅幣高高舉起。那並非大英魔法國流通的貝爾庫幣，而且還比一般的貝爾庫幣大上兩倍。

「所以就這麼辦吧——徽章爭奪戰。既然大家都是魔法師，應該有辦法做出不容易偽造的原創徽章吧？接下來的七天，參加者必須將徽章帶在身上。然後大家各自隨意找人戰鬥，輸的人要交給贏家一個徽章，失去所有徽章就算淘汰。最後一天再讓徽章最多的四個人進行決賽。」

這個出乎意料的提案，讓參加者們面面相覷。奈奈緒雙手抱胸，露出凝重的表情。

「唔。不好意思，在下不曉得怎麼做那種硬幣。」

「讓奧利佛教妳就行了。這樣今天應該就能準備好——唉，簡單來講，就是一種保險。如果戰鬥時有很多觀眾倒還好，但視地點而定，也可能完全沒有觀眾吧。還是有能夠證明勝負結果的東西會比較好哩。」

奧利佛也覺得這樣比較合理。一旦承認迷宮內的暗鬥，能夠證明結果的物品幾乎可以說是讓活動成立的必要條件。當然光是這麼做，還是有許多動手腳的餘地——但奧利佛覺得就連這些規則外的混亂，都是圖利奧．羅西這個人喜歡的狀況。

在那之後，羅西花了約五分鐘的時間一一詢問想參加的學生姓名，記錄在手上的卷軸裡。

「所有參加者的名字都記錄在這裡。那麼——『現在就開始吧』。」

羅西舉起記錄完畢的卷軸後，突然如此宣告。參加者們全都僵住了。

「怎麼了？可以開始打囉。即使還沒準備好徽章也沒關係。畢竟這裡多的是證人。」

羅西笑著煽風點火。參加者們開始強烈意識到彼此的存在。跟誰戰鬥勝算會比較高，跟誰戰鬥會很危險。「打倒誰能夠獲得最高的榮譽」——他們迅速在腦中進行這些嚴苛的計算。

「……雖然有點突然，但Ms.響谷，能請妳當我的對手嗎？」

首先開口的，是坐在奧利佛他們附近的一個也有報名參加的女學生。學生們瞬間譁然。被點名的奈奈緒立刻起身。

「當然沒問題。要在哪裡比？」

「在這裡打會被老師罵，所以我們到外面吧。反正觀眾們會自己跟過來。」

女學生如此提議，奈奈緒點頭回應，然後就跟著對方走出大廳。原本愣愣地觀望情況發展的卡蒂見狀，立刻慌張地起身。

「……咦、咦？不會吧，已經要開始打了嗎？」

「既然所有參加者都有權挑戰，那當然是先搶先贏。對方也真的是下定決心了呢。」

雪拉像是在稱讚對方的勇氣般說道，然後也跟著起身。不曉得是誰先追著兩人走到外面，但許多在場的學生也跟著離開餐廳。幾分鐘後——在校舍旁邊的草坪，兩名學生隔著好一段距離對峙。

「一開始的距離是十二碼。這是一般綜合戰的距離，可以接受嗎？」

「在下沒有意見，但在下還不太會用魔法戰鬥，所以主要會用刀攻擊，這樣也沒關係嗎？」

「那當然——前提是妳有辦法靠近我。」

女學生露出無畏的笑容說道。雙方各自拔出杖劍，同時詠唱咒語。

「**「不斷不穿！」**」

兩人的劍身在魔法的作用下泛著一層白光——這個不殺咒語的關鍵，在於即將展開決鬥的兩人施法的目標「並非自己而是對手的武器」。在沒有能夠信賴的見證人時，這樣就能預防雙方在殺傷對方後偽裝成意外。如果在替對手的劍施法時放水，被砍到時吃虧的人將會是自己。

「沒、沒問題吧……奈奈緒會不會受傷啊……！」

「那麼——奧利佛，你怎麼看這場比賽？」

卡蒂不安地觀望這場決鬥，站在她旁邊的雪拉向少年如此問道。奧利佛淡淡回應：

「對手的企圖非常明顯。她想在魔法劍的攻擊範圍外，解決不擅長使用咒語的奈奈緒。從她表現得如此從容來看，應該是對魔法戰鬥頗有心得。」

「……所以這場決鬥果然對奈奈緒很不利嗎？」

凱表情凝重地抱胸說道。奧利佛沉靜但乾脆地搖頭。

「對方似乎是這麼認為——但坦白講我覺得她的想法太天真了。奈奈緒的刀早已超越了這個境界。」

奧利佛以堅定的語氣如此斷言。在兩人視線的前方，戰鬥終於要開始了。

「——決鬥開始！」

負責主持的二年級生大聲喊道。奈奈緒幾乎是同一時間衝了出去，她沒有耍任何小手段直線前進，正直到令人傻眼的地步。她只想縮短距離砍倒對手，除此之外沒有任何打算。

「風槌擊碎（因佩杜斯）！」

相較之下，女學生稍微等了一會兒後才行動。大概是認為馬上攻擊會被奈奈緒橫跳躲開，她刻意等奈奈緒逼近到無法閃躲攻擊的距離時才詠唱咒語。呼嘯的狂風化為巨槌。女學生深信東方少女馬上會被這一擊打飛。

「——呼！」

因此當奈奈緒「只用一記橫劈就化解那道攻擊」後，她一時還反應不過來。

「——咦？」

這個理應不可能發生的狀況，讓女學生頓時僵住。雖然她反射性地勉強擺出接招的姿勢，但這種有氣無力的防禦對奈奈緒一點用也沒有。砍向肩膀的刀刃輕易壓制杖劍——然後在快砍到脖子的地方停住。

「唔，不好意思，一不小心就在最後收招了——這樣應該可以算在下贏吧。」

東方少女停下來詢問周圍的觀眾。她似乎因為對手完全無法抵抗，而在最後砍下去前猶豫了。對手的女學生和周圍的觀眾都當場愣住——負責主持的二年級生過了一會兒才回過神並大聲喊道：

「勝——勝利者是奈奈緒．響谷！」

觀眾的情緒瞬間沸騰。奈奈緒無視那陣喧囂，收刀入鞘後露出笑容，將雙手放在對手的肩膀上。

「有機會再戰吧。」

「……咦，啊……」

女學生甚至無法理解自己已經輸了，只能語無倫次地發出沒有意義的聲音。雪拉見狀，佩服地嘆了口氣。

「如同預期……不，是超出預期的壓倒性勝利呢。」

「對方從一開始就毫無勝算。最致命的一點就是不知道奈奈緒的『斬離』。」

奧利佛以嚴厲的語氣說道。但這也是無可奈何——其實這是奈奈緒第一次在與一年級生比試時使用「這招」。她特有的絕招，與庫茲流的「斬離」似是而非的「全斬離」。

這不是別人，正是奧利佛與嘉蘭德師傅商量過後，親自對奈奈緒下達的指示……

並非基於想隱藏絕招這種低俗的理由，而是在課堂上展露這招只會給其他學生帶來不好的影響。「因為根本沒人能夠模仿」。不僅如此，還可能會為正在成長的學生們帶來無力感——「誰有辦法和會用這種招式的對手打」。

「如果只是『實力在一年級生中名列前茅』這種水平，根本就不是奈奈緒的對手……能夠跟她對等戰鬥的，就只有超越年級範疇的特別強者。」

「我也這麼覺得——真是太可怕了。」

雪拉用手按著顫抖的肩膀說道。初戰告捷的奈奈緒回到同伴們身邊後，縱捲髮少女在迎接她的同時高聲宣布：

「聽好了，奧利佛，奈奈緒——我一定會留到最後一天。」

除了被點名的兩個人以外，卡蒂、凱和皮特也驚訝地看向縱捲髮少女。總是保持距離守護他們的雪拉，將至今一直藏在心裡的感情表露出來。

「你們也要留到最後。我們三個人要一起擊退其他參加者，一起留到最後一天——然後堂堂正正地一決勝負吧。這才是最讓人熱血沸騰的展開吧？」

縱捲髮少女非常肯定地說出這句話。奈奈緒也用力點頭回應：

「在下確實明白了——奧利佛，你呢？」

奈奈緒在回答的同時，看向一旁的少年。奧利佛內心的糾葛多到讓他無法立刻回答這個問題……少年想起第一次與奈奈緒交鋒時的事情。她將奧利佛當成劍道上的命運對手後——留下的透明淚水。

「……我知道了。如果僅限於比賽的範疇，那我也沒有異議。」

奧利佛下定決心如此回答……無論自己的心情如何，這都不是能夠一直逃避的事情。大家都是同年級的同學，在接下來的七年裡，不可能一次都不交手。

「兩位，最後一天再戰吧。在那之前，我也會盡全力不讓自己被淘汰。」

奧利佛堅定地說道。雪拉近距離與兩人對視，並嫣然一笑。

「我總算也能參與你們了——好久沒這麼熱血沸騰了。」

縱捲髮少女的這句話裡包含前所未有的熱情……她也是一個魔女。雪拉這次完全沒打算只當他們兩人的旁觀者。

下午的第一堂課是魔道工學。這堂課和帚術一樣，是一年級生入學半年後才新開的科目。對這個新的領域充滿期待的學生也不在少數。

「嘎哈！大家好，歡迎你們來上魔道工學的課！我是負責這堂課的老師恩里科．佛傑里，以後請多指教！嘎哈哈哈！」

才剛開始上課，坐在前排的學生就一齊縮起身子。因為一個單手拿著棒棒糖的老人，發出狂躁的笑聲走進教室。

「喂，這次來的老師看起來比之前都不妙啊。」

高個子少年忍不住對朋友們如此耳語。這段期間，老人依然滿臉笑容地舔著棒棒糖。

「凱，你怎麼可以這樣說初次見面的老師……」

「不，就跟他的外表一樣——這堂課絕對不能鬆懈。」

奧利佛打斷準備責備凱的捲髮少女，乾脆地如此說道。在他的視線前方，自稱恩里科的老人開始講解課程概要。

「簡單來講，我教的就是構成魔法文明基礎的學問！換句話說，就是和魔法道具與魔法建築的製作有關的各種理論和技術！如果沒有這些，魔法根本就無法以具體的形式流傳下來！這麼一來，我們就和那些引人注目的魔術師沒什麼兩樣！這怎麼行，這實在太過分了，難得做出了嚇人箱，居然無法遺留給後世！」

恩里科大大張開雙手，以尖銳的聲音大喊。

「這座金伯利本身也是前人留下的其中一個美妙的嚇人箱！雖然我的祖先也有參與建造，但還是有很多連直系子孫都完全搞不懂的部分！但這也是理所當然！和普通人做的無聊東西不同，魔法世界的創造物會產生變化是正常現象！被自己建造的家吞噬的魔法師更是多不勝數！嘎哈哈哈！真是太開心了！」

老人快速說完後，又繼續舔棒棒糖。

「我很認真地考慮過，到底該怎麼做才能早點將這份趣味傳達給你們？雖然正常來講應該按照順序從基礎理論開始教，但這樣只會讓我們彼此都無聊到打呵欠！做學問最不可或缺的就是讓人手心冒汗的緊張感，只有在這種感覺到達極限時，邏輯和直覺才會變得清晰！你們放心！我的課絕對不會讓你們感到無聊！」

恩里科說完後舉起白杖，接著教室的四個角落，就從地板升起了尺寸足以讓人環抱的箱子。學生們警戒地看向那些神祕物體。

「逆向工程（Reverse Engineering）——你們知道這個詞嗎？簡單來講，就是一種將順序顛倒過來的學問。這種研究方法並非先學習理論再製造物品，而是透過觀察和解體完成品，推理出其製造工程和動作原理。這就是你們接下來要做的事情。」

老人環視教室內一圈後，繼續說明。

「大家都看見教室裡出現四個箱子了吧。這些全部都是會在整整一小時後啟動的魔法陷阱。只要在時間限制內將它們全部解體並停止機能就不會有事，但如果失敗就會發生有點糟糕的事情。具體來講——就是雖然不會死，但手腳可能會斷，或是全身的皮膚都因為會讓人產生劇痛的毒而潰爛。」

學生們瞬間騷動了起來。恩里科笑著說道：

「如果不想變成那樣，就拚命努力吧。四個箱子都是構造不同的陷阱，但我也會給你們提示，所以不用擔心——啊，先給你們一個建議，最好找幾個擅長這個領域的人指揮大家比較好。如果因為沒人指揮而做出太多無意義的舉動，時間一下就會被浪費光。根據過去的經驗，通常都是這樣才會釀成大禍。

準備好了嗎？那就開始了！大家打起精神上吧！成功的祕訣就是友情和團結！嘎哈哈哈哈！」

在老人宣告完的同時，大部分的學生就一齊展開行動。只是在上課而已——這樣的安心感一瞬間就消失無蹤。

「有經驗的人快點自己站出來！沒時間了！」

「都在金伯利待半年了還不明白嗎？剛才的說明絕對不是誇飾！如果解除失敗，手腳真的會斷啊！」

奧利佛和雪拉接連大喊，感覺到危險的學生個個臉色蒼白。恩里科看著瞬間陷入騷動的教室，高聲宣告：

「那麼，首先是第一個提示！魔法陷阱大致可分成『時限型』、『觸發型』和綜合兩者的『時限觸發型』！今天有三個是時限型，一個是時限觸發型！只要能分辨出是什麼類型，就會輕鬆許多！」

奧利佛用力咬牙。如果摻雜了觸發型，就無法隨便出手，想分辨是什麼類型就只能一個一個方法慢慢試——他如此下定決心，開始對周圍的學生下達指示。

五十八分後。學生們的努力有了成果，四個陷阱當中已經有三個成功解除，但剩下的那個——時限觸發型的陷阱仍在折磨他們。

「可惡，這樣也不行……！」「到底要怎麼做才能解除啊！」

學生們圍著箱子發出接近慘叫的聲音。這段期間，時鐘的指針仍持續前進並抵達五十九分的位置。奧利佛見狀便做出決定。

「不行，沒時間了！大家快放棄解除陷阱，準備保護好自己！」

奧利佛判斷無法解除陷阱，向周圍的人下達這樣的指示。學生們四散奔逃遠離箱子。皮特也跟著轉身準備離開——

「……嗚……？」

他突然感到一陣頭暈眼花，明明心裡急著想離開，雙腳卻失去感覺不聽使喚——最後甚至連自己的體重都無法支撐，少年就這樣癱倒在地。

「——皮特！」

奧利佛察覺情況不對，立刻回到陷阱前面，但已經來不及抱著皮特逃走。奧利佛用防壁咒語做出只有安慰效果的牆壁，撲到皮特身上用自己的身體當盾牌——他緊緊抱住朋友並用披風蓋住。之後箱子炸裂。從裡面出現的既不是暴風也不是毒霧，而是無數不斷蠢動的細長生物。牠們被放出來後，就一齊襲擊發出慘叫的學生。

「喔，真可惜，有一個來不及解除呢！」

恩里科的聲音聽起來還是一樣開心。短暫失去意識的皮特，此時微微睜開眼睛。

「……嗚……啊……？」

「……皮特，別動。先維持現在這樣……」

奧利佛緊緊抱著他低喃。皮特察覺奧利佛的聲音不太對勁，從披風的縫隙看向外面——然後嚇到說不出話來。幾十條蛇正咬住奧利佛的背，激烈地扭動身體。

「你——你的背……！」

「我沒事……只是有點痛。這點程度不算什麼……」

奧利佛忍痛如此說道。恩里科見狀，便發出讚嘆：

「喔，你還真會忍耐！大部分的一年級生，第一次被咬到時都會痛到在地上打滾！那我也來一起忍耐吧！嘎哈哈哈哈！」

老人說完後，主動去讓陷阱裡的蛇咬遍自己全身。蛇群也毫不留情地攻擊距離較遠的學生，雖然他們各自用咒語應付，但只有以雪拉為首的少數學生能瞬間做出正確的判斷。蛇群穿過攻擊咒語的空隙咬住學生，讓他們接連發出慘叫。

「……這確實是很痛呢。」

學生們都退到牆邊，想遠離蛇群的威脅，只有一個東方少女主動前進。即使被大批湧上的蛇咬住全身，她也只有皺起眉頭，沒有停下腳步。最後奈奈緒總算抵達兩位朋友的身邊，張開雙手抱住奧利佛和皮特。

「——奈奈、緒？」

「也讓在下分擔一半吧。在下目前也只能做到這樣。」

一些聚集到奧利佛身上的蛇，在發現新獵物後就轉為攻擊奈奈緒。雪拉旁邊的卡蒂見狀，也想要跟著衝過去。

「我、我也一起——」

「卡蒂，別過去！我知道妳很有骨氣，但那並非沒接受過訓練的人能夠忍受的疼痛！」

雪拉立刻阻止卡蒂。縱捲髮少女用咒語放出熱浪牽制蛇群，她的背後是這間教室裡少數的安全地帶，所以不能讓朋友魯莽地前去救援。

「話雖如此——也不能就這樣默默看著他們被咬吧。」

「凱？」

雪拉驚訝地睜大眼睛。和卡蒂一起躲在她背後的高個子少年拿出一個小瓶子，將裡面的魔法藥倒在頭上，雪拉還來不及阻止，他就直接衝進蛇群。凱直線衝到奧利佛他們身邊，周圍的蛇像是受到吸引般將目標轉移到他身上——

「**雷電纏身**（托尼烏魯斯）！」

一陣電流竄過凱的全身。少年發動的魔法將襲擊他的蛇一網打盡。凱撥開昏厥的蛇，得意地說道：

「我住的鄉下都是用這招對付蛇。真是的……老師，如果你早點說裡面裝的是蛇，我就不用那麼害怕了。」

凱說完後，掃了周圍的蛇一眼。恩里科笑著舉起白杖。

「嘎哈哈哈哈！你住的鄉下都是這樣驅逐蛇啊！那我也來試試！」

老人一詠唱咒語，在教室內大鬧的蛇就痛苦地扭動身體死去。恩里科收拾完蛇後，笑著環視學生們的「成果」。

「四個裡解除了三個——以第一天來說算是做得很好了。做為獎勵，我請你們吃糖吧。」

說完後，老人揮動白杖，原本收在講臺底下的小棒棒糖一一飛到學生手裡。他們只能一臉呆愣地收下棒棒糖。

「不過，你們可別忘了複習。之後我會逐漸提升難度。幸好這次大部分的學生都沒事——但如果是相反的情況，因為我得獨自治療所有人，這樣就得痛很久了。」

老人笑著說道。此時卡蒂終於再也無法忍耐，用力將手中的棒棒糖甩在地上。

「——開什麼玩笑！哪有人這樣上課！」

少女憤怒地大喊。恩里科看著碎裂的棒棒糖發出慘叫。

「啊啊啊啊啊！Ms.奧托，妳怎麼可以這麼做！居然糟蹋甜食，妳還有沒有良心啊！」

「你哪有資格說這種話！居然把我們的痛苦包含在課程的內容裡！這根本就不是教育，只是單純的拷問！」

卡蒂毫不退讓地譴責恩里科。面對卡蒂猛烈的氣勢，老人困惑地回應：

「Ms.奧托，妳到底在生什麼氣？妳似乎對我的教學方式有所不滿，但具體來講到底哪裡有問題？仔細看看妳的周圍，『根本就沒有人死吧』？」

恩里科如此宣告。像是在說教室目前的慘狀——被毒蛇咬傷的學生們癱倒在地上呻吟的場景，根本就沒什麼好擔心的。

「這才是最快的方法。妳覺得跟普通人相比，我們這些魔法師擁有的最大優勢是什麼？講白一點──『就是不容易死』。只要沒有當場死亡，大部分的傷都治得好。」

「──唔！」

「普通人並非如此，所以必須慎重地教導。不能讓他們死亡或受傷，要像是對待易碎物品般，讓他們循序漸進地『學習』。不過──我們就不同了。我們就算受傷也能立刻治好，即使受了重傷，隔天還是能回來上課。這怎麼想都是個優勢吧？為了加快學習的腳步，只要不會死，要怎麼亂來都行！」

老人對著驚訝的卡蒂如此斷言，然後看向奧利佛。

「Mr.霍恩，過來吧。雖然不是什麼強烈的毒，但你還是被咬得太嚴重了。這樣會影響到下一堂課。只靠加了解毒劑的棒棒糖應該是不夠。」

恩里科向黑髮少年招手。後者搖搖晃晃地起身，但並未走向老人。

「……不用了。我有對這種毒非常有效的軟膏。」

「嘎哈哈哈哈！既然你都這麼說了，那就乖乖舔棒棒糖吧！如果不好好處理，可是會一直痛到下午喔！」

那宛如女童般的笑聲，比全身的劇痛更讓少年感到不愉快。

「奧、奧利佛，你沒事吧……？你的臉色遠比奈奈緒和凱還要糟糕……？」

「放心，已經開始恢復了……比起這個。」

下課後，在教室外面的走廊，奧利佛用軟膏和治癒咒語做完應急處理後，重新轉向同伴。

「皮特，你可以留下來一會兒嗎……我有話想單獨跟你說。」

在經過一段沉默後，眼鏡少年死心似的點頭。

「……你們先走吧。」

「皮特……？」

「我知道了——各位，走吧。」

雪拉體貼地催促其他四人離開。卡蒂直到最後都還擔心地不斷回頭，等她的身影消失在走廊轉角後，奧利佛帶著皮特踏出腳步。他找了間空教室進去後，將門關上，在確認教室裡只有他們兩人後開口：

「我早上就隱約考慮過這個可能性……直到剛剛碰到你時才確定。」

「……」

皮特像是在害怕般抱住自己的肩膀。奧利佛正面凝視著他說道：

「皮特，你的——『性別反轉了吧』？」

空教室內響起這樣的一句話。兩人沉默了好一段時間——最後，眼鏡少年輕輕點頭。

「……你說的沒錯。我昨晚作了個奇怪的夢……早上醒來時就變成『這樣』了。」

皮特拉開長袍，用顫抖的手指解開襯衫最上面的三顆釦子。從襯衫底下露出的胸部——明顯不屬於男性，怎麼看都是隆起的乳房。

目睹這樣的景象後，奧利佛接著問道：

「雖然有點失禮，但我還是得確認一下——『底下』也一樣嗎？」

「……嗯……沒、沒錯……」

「那就可以確定了。這種現象已經無法用變身魔法失控或變身用的魔法藥來解釋。如果是用那些不自然的方式變身，你的身體未免太過完美，自然到像是天生的一樣。你現在的身體無疑是女性。」

——兩極往來者(reversi)。這是普通人不會擁有——即使放眼整個魔法界也算十分罕見的特殊體質。

奧利佛如此稱呼朋友身上發生的現象。皮特突然——像是再也按捺不住內心的不安般說道：

「我的身體狀況也從早上就變得很奇怪。頭痛很嚴重，會突然暈眩，還會沒來由地情緒高漲，變得無法集中精神……這些全都是因為這個體質嗎……？」

「恐怕是這樣沒錯。我不是專家，所以無法說得太篤定——但據說兩極往來者在學會控制自己之前，得先經歷一段辛苦的時期。他們的性別會因為受到外界的影響產生變化，尤其是月齡的影響特別強烈。

仔細想想，昨晚正好是滿月。再加上金伯利的生活裡充滿了魔法方面的刺激，所以才讓你湊齊了誘發這個體質的條件吧。」

奧利佛在說明的同時走向皮特，替他扣好襯衫。面對肩膀微微顫抖的朋友，他盡可能展現出最大的誠意。

「為了避免你誤會，我得先澄清一點，你的這個體質絕對不是來到金伯利後才突然產生。應該以前就已經出現過一些徵兆了——例如性別認同模糊，或是和同性朋友混在一起時產生的不協調感。這方面的感覺有很大的個人差異，所以只能依靠你實際的感受判斷。」

「…………」

這些話讓皮特開始回憶過去——打從作為一個普通人生活時起，他就沒什麼朋友，並經常對無法融入周遭的自己感到煩躁。如果這並非只是因為他具備魔法的才能，而是受到這個體質影響……？

「你現在的心境應該很複雜，也還需要一些時間調適心情吧。不過——即使如此，我還是想對你說一句話。

恭喜你，皮特。你獲得了出色的可能性。」

這個過於出乎意料的發言，讓少年驚訝地看向對方。奧利佛露出溫和的微笑。

「對想要窮究魔法的人來說，兩極往來者這個體質無疑是一種『才能』。歷史上有許多偉大的魔法師都是兩極往來者。就連知名的『大賢者』羅德・法夸爾也是如此。當然並非所有具備相同體質的人都是如此，但如果目標是鑽研更深奧的魔道，這一定能成為極大的助力。」

「……才能……？……明明我現在是這副德性？」

「正因為是偉大的才能，才更需要靠訓練控制。這在許多領域都一樣。嗯，如果不舉個具體的例子，應該很難體會吧……對了。」

稍微思索了一下後，奧利佛拔出自己的白杖，並示意皮特也跟著這麼做。

「你試試看放出雷擊咒語。這是你相對比較不擅長的屬性吧？」

「……？……**雷光奔馳！**」

皮特瞄準附近的地板揮動魔杖，詠唱咒語。從白杖前端放出的雷光，在命中地板後炸裂開來，爆炸的範圍廣達直徑五英尺。

「——這是怎麼回事。我從來沒放出過這麼強的魔法。」

「男性的身體和女性的身體擅長的屬性不同。雖然這也有個人差異，所以沒這麼單純，但看來你的情況是會讓雷屬性的魔法變強……其他應該還有許多變化，之後得一一檢視才行。」

奧利佛在腦中列出需要檢視的項目，然後繼續對仍愣在原地的皮特說道：

「皮特，稍微有些實感了嗎——你得到了一個非常大的禮物。雖然麻煩事也跟著增加了，但光是感到困惑實在太可惜了。來想想怎麼活用和磨練這個才能吧。當然，首先得學會控制自己——」

奧利佛突然停止說話。他感覺到背後有一股氣息，立刻轉向教室入口。

「——誰在那裡！」

少年一轉過身就開始大喊，讓皮特瞬間愣了一下——

「……抱歉，是我啦。」

接著響起一道不屬於兩人的聲音。教室的門靜靜開啟，一個高年級生站在那裡。來人擁有柔美的聲音與中性的溫和外表。據奧利佛所知，只有一個人符合這些特徵。

「——惠特羅學長……？」

「兩位，好久不見……我為剛才的行為道歉。我不是故意要偷聽的。」

「……嗯，我知道。如果你真的有心想要隱藏，不可能會被我發現。」

奧利佛在明白雙方實力差距的情況下如此說道。惠特羅因此鬆了口氣。

「幸好你能明白——我是覺得他差不多該出現徵兆了。」

說著說著，惠特羅也緩緩走進教室。皮特立刻躲到奧利佛背後。

「我第一次在迷宮裡看見他時就感覺到了。再加上你們兩個今天一早就掀起了騷動吧？我覺得應該是時候到了，所以才會過來，果然不出我所料。」

惠特羅說明完事情的經過後，朝兩位學弟露出微笑。

「話雖如此，我想說明的內容幾乎都被Mr.霍恩說完了。」

他將手伸進懷裡，拿出一張信紙。

「那個體質很麻煩吧？關於這方面的所有事情，還是直接問前輩最好。」

皮特戰戰兢兢地收下惠特羅遞出的信紙，上面寫著「邀請函」。

「今晚八點，來參加我們的集會吧。有很多情況和你相似的人喔。」

惠特羅笑著對兩人眨了一下眼後，就直接轉身離開。

在那之後的課程都沒出什麼大亂就結束了。熱鬧的「友誼廳」裡聚集了許多重獲自由的學生，在五人圍著桌子吃晚餐時，卡蒂看向大廳入口嘟囔道：

「……皮特沒來呢。」

「他似乎窩在圖書室裡查資料。或許還要花一點時間，我們幫他留晚餐吧。」

奧利佛在說話的同時，將三明治和乳酪塞進從販賣部買來的餐籃裡。一旁的雪拉沒有停止用餐，直接開口：

「如果有我能幫忙的事情，儘管跟我說喔。」

「嗯。謝謝。」

奧利佛也回以微笑……雪拉應該也隱約察覺發生了什麼事，但她沒有深入追究，只說在必要時願意提供協助。奧利佛非常感謝她的體貼。

「……不好意思，我來晚了。」

等五人用完餐，餐廳裡也沒剩多少人時，皮特總算來了。他一臉陰沉地坐下後，凱爽朗地向他搭話。

「喔，皮特，你來啦。雖然我不知道你在查什麼，但窩在圖書室裡有什麼收穫嗎？」

「我只搞清楚自學果然還是有極限……奧利佛，不好意思，關於之前的那件事——今晚你可以陪我一起去嗎？」

「嗯，當然沒問題。在那之前，你先好好吃飯吧。」

奧利佛乾脆地答應這個意料之內的請求，將餐籃遞給朋友。皮特輕輕行了一禮後收下，開始啃起裡面的三明治。奧利佛重新轉向其他同伴說道：

「雖然還不能告訴你們理由，但我今晚會和皮特一起潛入迷宮……儘管應該沒什麼危險，但如果我們過了十點還沒回來，希望你們能幫忙通知能夠依靠的學長姊。」

「我知道了。你們兩個路上小心。」

雪拉笑著替兩人送行。奧利佛回想起之前在迷宮裡迷路時的事情，為了不讓朋友再次遇到危險，少年繃緊神經。

然而，在按照邀請函上的指示穿過走廊走進三樓的教室，來到通往迷宮的鏡子前面時，奧利佛察覺自己的決心只是白費力氣。

「喔，你們來啦。」

原本將背靠在牆上的高年級生看向兩人。奧利佛一看見那張熟悉的臉，就驚訝地睜大眼睛。

「——戈弗雷主席？你該不會是來陪我們去的吧？」

「別放在心上，我也要參加同樣的活動，所以只是順便而已。而且我也有事情必須向你們道歉。」

說完後，他跳進鏡子裡，從裡面伸出手示意兩人跟上。奧利佛和皮特也立刻照做。他們一進去就看見迷宮陰暗的道路，戈弗雷率先踏出腳步。

「學生主席的工作包含的範圍很廣。平常也要像這樣定期檢查迷宮內的活動。無論是圓形競技場的事情，還是後來的密里根失控事件，都是我們應該要事先察覺並阻止的事情。我要再次為我們的疏失向你們道歉。」

「不……這些都是由平常沒有被盯上的學生引發的事件，即使是主席也不可能事先察覺。請你別太在意。」

奧利佛如此回答，他對與蛇眼魔女的戰鬥仍記憶猶新，聲音也因為回想起那場死鬥而變得僵硬，戈弗雷微笑地說道：

「你比我一年級時還要成熟許多呢……在入學前應該過得很辛苦吧？」

「……誰知道呢。畢竟我沒跟別人比較過。」

奧利佛簡短回答完後，就沒繼續說下去……對許多魔法師來說，過去經歷的「辛苦」並非能隨便拿來聊天的事情。戈弗雷在明白這點的情況下，轉為看向另一個少年。

「Mr.雷斯頓，你是普通人家庭出身吧。還習慣這裡的生活嗎？」

「咦？啊，唔，那個……」

「哈哈，不用勉強掩飾。實在是有夠危險對吧？」

金伯利的學生主席主動講出對方吞下去的話，不滿地說道：

「我一開始的感想也是這樣。這裡的風氣從五年前開始就完全沒變。在校舍裡，教師們會像神一樣給予荒謬的考驗；在迷宮裡，學生們每晚都會研究和暗鬥到天亮。雖然我努力想讓這裡變成安全一點的地方——但還是沒能做出任何成果。」

戈弗雷的側臉顯露出長年的辛勞，繼續開口：

「比起學生的人身安全，這間學校更注重探求魔道。我們只能在這樣的前提下學會保護自己的方法……不過，也有人對現狀抱持批判的態度，希望訂立只有三年級以上的學生能夠進入迷宮的規定……只是反對的聲浪太強烈，目前還無法指望能夠實現。」

「……可以想像那不是件容易的事情。冒昧請問一下，學長是隸屬於人權派嗎？」

「到底算不算呢。雖然我大部分的同伴都是偏向人權派，但我自己是個更加單純的人。我只是希望自己生活的地方能夠變得更和平。沒有考慮過比這裡還要廣大的世界的事情。畢竟光是金伯利就夠讓我應付不來了。」

戈弗雷自嘲地如此低喃，奧利佛在感到共鳴的同時於心裡想著——這個人實在不像這個魔境的居民。在金伯利這個地方，升到愈高的年級，就會失去愈多正常人該有的感覺。愈是適應這裡的環境，魔法師的精神就愈脫離常軌。就像之前在迷宮裡遇見的那兩個高年級生一樣。

奧利佛思及此處，又同時想到另一件事——「就是因為沒變成那樣才會當上學生主席吧」。

他有些感動地凝視學長，戈弗雷也再次看向奧利佛。

「Mr.霍恩，我覺得你很適合當監督生。如果有興趣，近期可以來觀摩我們的活動。」

「……你過獎了。」

少年鄭重回應，同時也覺得這非常諷刺。艾爾文．戈弗雷這個人的本性愈是善良——自己就愈不可能成為他的同伴。

「喔，我們到了。這裡就是今晚的會場。」

戈弗雷站在空蕩蕩的牆壁面前說道。他一說出暗號，石材就重新組合成一個入口。迷宮內的設施本來就很少會有正常的門。奧利佛和皮特也跟著學長走了進去。

裡面是一個比教室略微寬廣的房間。在暖色系的燈光下，有三～四十個學生在談笑風生。桌上擺了一些輕食和飲料，房間深處還有個舞臺，但沒有人上去。

「氣氛不錯吧？想吃什麼或喝什麼可以自己拿喔。」

戈弗雷從桌子那裡拿了兩杯飲料給在入口前面裹足不前的學弟，兩人慌張地收下杯子。

「這裡是擁有『與性別有關的魔法體質』的學生聚會的地方。雖然兩極往來者算是最典型的例子，但還有其他擁有各種體質的人會參加。至於所有人的共通點，就是都懷抱著難以啟齒的不安，以及有其他同伴會比較安心——Mr.雷斯頓，他們也歡迎你喔。」

戈弗雷笑著說道。像是在印證他的發言般，周圍的學生開始聚集過來。

「你好啊！」「耶～是新人！有新人啊！」

「喂，別突然嚇人家！——當事人是那個戴眼鏡的吧？」

不出所料，許多從服裝和舉止看不出性別的高年級生接連過來搭話。奧利佛站到畏縮的皮特面前，代替他開口：

「如同各位所言，他是最近才發現有兩極往來體質的一年級生皮特．雷斯頓。我是陪他一起來的奧利佛．霍恩。因為希望能夠獲得一些跟他今後生活有關的建議，我們才來這裡叨擾。請各位前輩多多指教。」

奧利佛客氣地向其他人打招呼。高年級生們聽見後陷入沉默——然後爆出笑聲。

「好拘謹！奧利佛學弟，你太拘謹了！」「他的內在該不會是五年級生吧！」

「Mr.霍恩，放鬆一點。這裡沒有敵人，所以不用這麼緊張。」

「……唔……」

沒想到會被人這麼說的奧利佛頓時語塞——一個看似女性的高個子高年級生，溫柔地將手放在他頭上。

「你是為了保護朋友才這麼緊繃吧。嗯，真是個乖孩子。」

對方像是在哄小孩子般摸著奧利佛的頭髮。學生們無視困惑的奧利佛，將注意力轉移到舞臺上。

「喔，主角出場了——各位，先安靜下來吧。」

原本在講話的學生們停止交談看向舞臺。有兩個人走上舞臺——奧利佛在認出其中一個人後，驚訝地睜大眼睛。

「——大哥？」

奧利佛稱之為大哥，有著一頭赤銅髮色的男子，抱著一個大型弦樂器占據舞臺的一角。在他前方，這場聚會的主辦人兼監督生——卡洛斯．惠特羅用與生俱來的美聲說道：

「大家好。感謝你們今晚的光臨。」

參加者發出歡呼。這個像是知名歌手演唱會的氣氛，讓奧利佛和皮特都難掩混亂。

「因為也有人是第一次參加，所以我稍微說明一下這場聚會的主旨——包含我本人在內，這裡聚集了許多擁有『與性別有關的魔法體質』的學生。大家平常應該都有許多不便的地方吧？不用擔心，大部分的問題這個聚會都能幫忙解決。所以盡情將自己的煩惱說出來吧。雖然就算有人害羞不敢講，我之後也會跑去問。」

說完後，卡洛斯瞄了皮特一眼。眼鏡少年連忙用眼神行了一禮。聚會的主角以溫柔的微笑回應後，再次開口：

「唉，先不管這些事，首先要為大家帶來我們的表演。歌手是卡洛斯．惠特羅，伴奏是大家都認識的知名低音提琴手，格溫．舍伍德。大家做好心理準備了嗎？」

「「「「卡洛斯學長！」」」」

聚在前排的後輩們一齊大喊，卡洛斯也回了他們一個飛吻。

「小貓咪們，謝謝你們美麗的聲音——那麼要開始囉。先為大家帶來第一首曲目！」

卡洛斯一聲令下，背後的低音提琴手就演奏出低沉又厚實的音色。經過這段光聽就讓人陶醉的

前奏後，卡洛斯終於開始唱歌——

「——什麼——」

兩位少年的內心瞬間就被俘虜。

歌聲直接在內心，而不是在耳邊響起。清澈的歌聲流進體內，彷彿從頭到腳都被填滿。眼淚停不下來，注意力都被歌曲吸引，讓人甚至忘了呼吸。

「卡洛斯學長的歌很厲害吧。我給你的第一個建議……就是參加這個聚會要帶三條手帕。」

旁邊的高年級生也擦著眼淚，將手帕遞給兩人。皮特收下手帕擦拭眼角，努力擠出聲音問道：

「嗚……奧利佛，這是……」

「……是魔聲，但並非用來魅惑的那種。而是某種更加純粹、清淨的——」

奧利佛光是像這樣模糊地分析就已經竭盡全力，他也無法看穿這個聲音的真面目。更重要的是——卡洛斯美麗的聲音實在太令人感動，讓人覺得像這樣胡亂猜想未免過於不解風情。

奧利佛繼續側耳傾聽，不知不覺就聽完了五首歌。觀眾們恍惚地沉浸在餘韻當中，金伯利的歌手溫柔地看向他們。

「——感謝各位的聆聽。拜此之賜，我也唱得很開心。好了，接下來期待已久的暢談時間。我也馬上就會加入，大家各自隨意吧。」

在滿場的掌聲中，卡洛斯與伴奏的學生一起回到舞臺後方。等他們離開後，學生們用手帕擦乾淚水，重新開始行動。

「嘻嘻嘻……讓我們好好相處吧，Mr.雷斯頓……」

「沒什麼好難為情的……這裡的人都是類似的情況。」

「就從跟你一樣，早上一醒來就發現小弟弟不見的人開始分享經驗吧。」

「我先來吧。我一開始還以為只是單純縮到身體裡……」

眾人靠過來將皮特團團圍住，七嘴八舌地說個不停。雖然皮特因此被他們的氣勢壓倒，但奧利佛並未特別插嘴，只在一旁觀望——因為他現在對這個聚會已經不怎麼警戒了。

聚會在約兩個小時後結束。被戈弗雷護送回校舍後，奧利佛和皮特一起走在回宿舍的夜路上。

「……呃……怎麼樣？參加完聚會後有什麼感想嗎？」

奧利佛委婉問道，皮特不滿地回應：

「你應該也都有看見吧……大家都是好人。表現得太緊張反而顯得很愚蠢。」

「——這樣啊。那真是太好了。」

「我也得到很多珍貴的建議，現在稍微比較有自信能夠面對這個體質……當然還是會感到不安，但應該撐得過去。」

說完後，眼鏡少年用力握拳。過了一會兒，奧利佛再次開口：

「……房間要怎麼辦？」

「……唔。」

「學長他們說只要跟學校報告你的體質，就能獲得單人房。這樣至少日常生活方面能夠過得比較自在。但我認為——」

皮特舉起手打斷奧利佛。

「……不用再說了。」

「嗯——」

「我知道，我還沒辦法在這間學校照顧好自己……也不想獨自在金伯利過夜。暫時還是讓我跟之前一樣，和你住同一個房間吧——拜託你了。」

皮特停下腳步，認真看向奧利佛，讓後者露出放心的表情。

「你這麼說真是讓我鬆了口氣……住同一個房間也比較好照應。不需要太顧慮我，如果發生什麼異狀就立刻跟我說吧。」

「……麻煩你照顧了……不過，那個……」

皮特欲言又止。少年在困惑的奧利佛面前紅著臉低下頭。

「……我要在床鋪之間加個簾子。」

兩個少年前往宿舍時，在校舍的某個角落——隱藏在重重黑暗中的深處。六名教師在學生不知道的隱藏房間裡齊聚一堂。

「──喲，大家都到齊啦。」

「凡妮莎，妳遲到了。」

魔法生物學教師毫不愧疚地走進房間，校長──艾絲梅拉達以銳利的眼神責備她。包含她在內的五名教師，都圍著房間中央的圓桌坐下。

「抱歉抱歉。我先去抓了這傢伙。」

說完後，凡妮莎粗魯地將扛在肩膀上的東西丟到地板上。一個穿著破破爛爛的披風、遍體鱗傷的男人，發出痛苦的呻吟聲。

「嗚……嗚……」

「他好像是個有點本事的鎖匠，在遇到我之前穿過了兩層結界。明明最後注定是白費力氣，真是辛苦他了。」

凡妮莎嘲諷地說明完後，重新轉向其他五人。

「怎麼辦，要現在就讓他『唱歌』嗎？」

「但最擅長做這種事的人不在呢。嘎哈哈哈哈！」

「感覺沒什麼希望。他看起來在『唱歌之前』就會先掛掉。」

兩個老教師──恩里科和吉克里斯特接連如此說道。狂躁的笑聲在室內迴響。

「……別以為，能夠……」

地板上傳來顫抖的聲音。倒在地上的男子，用充滿憎恨的眼神瞪向魔人們。

「……別以為，你們這些邪魔外道的時代……能夠一直持續下去……！即使我死在這裡，我們的神還是不久就會降臨！你們將遭受比五馬分屍還要殘酷的懲罰——！」

「啊～好好好，我早就聽膩，聽到耳朵都長繭了——那麼，校長大人，要拷問他嗎？」

凡妮莎問這個問題時顯得非常無趣，但對方毫不猶豫地回答：

「不需要。收拾掉。」

「遵命。」

凡妮莎立刻伸出其中一隻手。那隻手的筋骨瞬間變形，變成能夠輕易包住一個人的巨大手掌抓住獵物。因為突然感覺到脖子後面傳來溫熱的氣息，男子的背後竄過一陣寒氣——「手掌的內側長著嘴巴」。

「咿……啊……！神啊，我們的神啊——咿啊啊啊啊！」

伴隨著一陣慘叫，室內響起肉和骨頭被咬碎的聲音。凡妮莎讓過了幾秒後就變得空蕩蕩的手掌恢復原形，皺著眉頭坐下。

「噁，真難吃。為什麼聖光教團的傢伙筋都這麼多？」

「因為要遵守粗食的誓約(oath)吧。那些異端者總是過得很不健康，這樣可不行呢。」

恩里科困擾似的雙手抱胸，女子則是甩掉手上剩下的血。

「那麼，可以開始討論正題了吧——是要談達瑞斯的事情吧？」

凡妮莎一坐下就突然切入主題。在圍著桌子坐的六人當中，一個穿著寬鬆長袍的教師——看起來舉止特別沉靜的男子低喃道：

「他已經四個月沒消息，應該可以當作已經死了。」

「真令人難過。」

坐在凡妮莎旁邊的魔女——穿著破舊黑衣的嬌小女性也跟著開口。艾絲梅拉達乾脆地搖頭。

「『這無所謂』——問題是原因。有人心裡有底嗎？」

金伯利的魔女對同事的死毫無感傷，直接如此問道。凡妮莎聳肩回答：

「我完全沒有頭緒。他沒軟弱到會在迷宮內失誤死掉，也還不到墜入魔道的時候吧。」

「既然如此——就是被人殺掉了！只剩下這個可能性了，嘎哈！」

老人狂躁地笑道。凡妮莎露骨地嘖了一聲。

「臭老頭，別打斷別人講話的節奏——唉，但應該就是這樣吧。這麼一來，問題就變成是誰殺了他。」

說完後，凡妮莎用肉食動物般的眼神環視周圍的成員。

「有本事殺他的人應該不多。除了我們六個以外……還有誰來著？嘉蘭德那個小鬼——啊，還有麥法蘭。那傢伙的實力也是深不可測。

唉，校長大人是例外。如果是妳下的手，根本就不需要隱瞞。既然如此——包含我在內，到底還有幾個嫌犯。」

凡妮莎的臉上露出笑容。坐在圓桌對面的吉克里斯特不悅地說道：

「真是沒意義的推論。達瑞斯又不一定是一對一輸的。」

「啊，說得也是。是被幾個厲害的教師圍攻嗎？如果是由你指揮，那達瑞斯也只能舉手投降了。」

凡妮莎挑釁的發言，讓吉克里斯特正面瞪向她。擺設在房間裡的花瓶突然一一爆裂，但沒有人看向花瓶的碎片。

「哼，即使我們當中有人背叛，也沒什麼好驚訝的——但我確實也覺得不太對勁。如果要剷除礙事的傢伙，『各位應該會做得更巧妙』。我說的沒錯吧？」

老人笑著說道。黑衣魔女天真地歪了一下頭——

「嗯～如果是我，應該會想把死掉的小達留在身邊。」

然後說出比殺人還可怕的做法。一旁的凡妮莎搖頭說道：

「話雖如此，真要懷疑起來根本就沒完沒了。該不會是被哪個學生幹掉了吧？」

凡妮莎原本只是想開個惡劣的玩笑，但艾絲梅拉達聽了後靜靜開口：

「萬一真的是輸給學生，就表示達瑞斯沒有資格擔任金伯利的老師。他只是『正常被淘汰』。」

「沒錯——但如果不是這樣呢？」

凡妮莎像是覺得有趣般問道。艾絲梅拉達頓了一拍後，對現場所有人宣告：

「那就是你們其中一人決定『與我為敵』——如果那個人已經做好覺悟，那我也沒什麼好說的。」

魔人們頓時理解。金伯利的魔女從一開始就沒打算找犯人，她舉辦這場聚會就只是為了說這句話。

「哎呀，我可沒有那種覺悟。」

室內突然響起一道悠哉的聲音，所有人都無言地抬頭看向天花板——一個男人垂著獨特的縱捲髮，悠然地站在那裡，他瀟灑地穿在身上的華麗衣物，看起來一塵不染。

「你回來啦。你這傢伙還是一樣喜歡倒著站呢。」

「居然敢這樣講我，你們才是不嫌厭煩地淨打些壞主意——話說真希望你們能再驚訝一點。要在不被你們發現的情況下潛入這裡可不容易呢。」

「真白癡，你現在就算突然從天花板跑出來也嚇不到人啦。如果你乖乖敲門進來，我反而會比較訝異。」

凡妮莎不屑地聳肩說道。坐在同一張桌子的老人放聲大笑。

「嘎哈哈哈哈！真要說起來，麥法蘭，你應該不是這場聚會的成員吧？這樣可不行呢——即使是校長的老友，沒受到邀請的人也不應該出現在這裡。」

像是在呼應這句話般，除了校長以外的五人都對男子放出殺氣。即使這股壓力強到足以讓一般魔法師的心跳停止，當事人依然若無其事地露出微笑。

「原來如此，恩里科翁說得很有道理。那麼——要試試看除掉我嗎？就像對付剛才的異端者一樣，用實力除掉我這個礙事者。」

男子甚至還挑釁了回去。原本就充滿房間的殺氣，一口氣膨脹到極限——

「西奧多，別把別人捲入你無聊的玩樂。」

校長艾絲梅拉達冰冷至極的聲音就像是替現場澆了一盆冷水，不對，是直接丟了一個用整片湖結成的冰塊。洶湧的殺氣瞬間被鎮壓，就連天花板的男子都端正了姿勢。

「校長大人，失禮了。我的個性就是只要看見有東西沉積就會想攪拌。」

「事到如今，我也不指望你會改變。我命令你坐下。」

「謹遵吩咐。」

在魔女的命令下，男子直接坐在天花板上。他的舉止給人的印象絕大部分是殷勤，摻雜了一些無禮——但又似乎有些親切。

第二章

Explore

探索迷宮

入學半年後，不管哪一堂課都會出現成績差異。不僅是有沒有經驗的差別，就連從同一時期開始學習的人之間都開始產生差距。尤其是學生們常有機會直接競爭的科目。

「──看招！」「唔哇！」

大房間裡充滿了學生散發的熱氣。在由同學圍起來的圈子當中，凱果敢往前揮出的一劍擊中對手的太陽穴。擔任裁判的嘉蘭德舉起手喊道：

「一勝，比試到此為止──Mr.格林伍德，雖然你的天分不錯，但揮劍時仍未擺脫打架的範疇。」

「是的。對不起，因為我沒什麼教養。」

「不，我對你的果斷有很高的評價。這比畏縮要好多了。不過──如果不更仔細磨練技術，就無法應付高年級的對手。你應該要早一點認識到這點，不能滿足於現在的勝利。」

凱坦率點頭後，嘉蘭德看向他的對手。

「Mr.馬汀，如果你能抓住他技術上的破綻，應該還是有勝算才對。雖然採取守勢不是壞事，但如果被對手的氣勢壓倒就會看不見勝機。多累積實戰經驗，克服畏縮的心態吧。」

「是……」

叫馬汀的學生懊悔地低下頭。魔法劍教師用一個微笑鼓勵他後，繼續開口：

「下一組。Mr.休斯和Mr.雷斯頓，到前面來。」

「是！」「是、是！」

被叫到的兩名學生出列後，走進比賽場地。奧利佛從外場緊盯著明顯非常緊張的眼鏡少年的側臉──有點不太妙。儘管他很有鬥志，但心情太過急躁了。

「預備──開始！」

嘉蘭德宣告完後，皮特幾乎是在同一時間衝了出去。奧利佛在心裡暗叫不妙。從皮特的預備動作就能清楚看穿他的企圖。

「喝啊！」

皮特一開始先撥開敵人的杖劍，再利用那股反作用力使出突刺。這是魔法劍的基本連招。拜平常有認真反覆練習所賜，皮特的動作本身還不壞。不過──

「──唔哇？」

他太專注於攻擊，沒注意到其他地方。「阻路墓碑」出現在皮特前進的方向，阻擋了他的腳步，讓他失去平衡往前倒。等皮特連忙起身時，對手的杖劍已經停在他的眼前。

「一勝，到此為止──Mr.雷斯頓，雖然主動進攻是好事，但那份鬥志並沒有被好好發揮。不要急著分出勝負，要讓自己的視野再更廣闊一點。」

嘉蘭德根據結果提出建議。指導完皮特後，他換看向另一個學生。

「Mr.休斯，看穿對手的開場快攻，事先設下『阻路墓碑』是很好的判斷，但視線不該朝向地面。如果Mr.雷斯頓再冷靜一點，就會被他看穿。你要多練習領域魔法，直到不用看也能準確發動。」

「是，老師。」

叫休斯的男學生坦率點頭後，就離開比賽場地。看似他朋友的學生，輕拍他的肩膀說道：

「贏得很輕鬆嘛。」

「不過是打贏一個普通人出身的書呆子，沒什麼好得意的啦。」

「……唔！」

皮特一聽見那句話，肩膀就顫抖了一下……和攻擊卡蒂的那些人不同，對手的語氣聽起來不像是在揶揄。休斯明顯不是在說皮特的壞話，只是隨口對朋友說出心裡的想法。

所以才讓皮特悔恨得不得了。他甚至沒被當成攻擊的對象——這表示對方從一開始就沒把他放在眼裡。

「我想特訓！」

皮特甚至等不到午休，魔法劍課一結束，他就把同伴們聚集到一間空教室如此宣告。眼鏡少年繼續對驚訝的奧利佛等人說道：

「雖然我一直有在練習，但還是追不上周圍的人。如果是有經驗的人比我強就算了，但我無法忍受被同一時期開始學習魔法劍的人瞧不起。」

皮特悔恨地說道。奧利佛也能體會他的心情……皮特用比別人還要多一倍的認真傾聽嘉蘭德的指導，也沒疏於反覆練習學到的內容，但他進步的速度還是比其他學生慢。這讓他怎麼能甘心。

「從下一堂課開始，終於要進行包含咒語在內的綜合戰。光用劍就是這副德性了，誰知道加上咒語會變得怎樣……如果不想點辦法，我之後也會一直弱下去。」

少年苦惱地垂下頭。奧利佛和雪拉見狀，便一同點頭。

「我明白你很煩惱實力無法進步。如果你想提升自己的技術，我當然願意幫忙。」

「嗯，我很高興你願意依賴我們。既然如此，你放心吧。我會負起責任，將你培育成一個出色的利森特流劍士！」

雪拉用充滿熱情的眼神答應協助皮特，但這句話讓奧利佛皺起眉頭。

「……嗯？等一下，雪拉。從目前為止的上課情形來看，應該要在拉諾夫流的範疇內鍛鍊皮特吧？」

「就是這個方針害他煩惱實力無法進步吧？應該早點確認他是不是適合其他流派。」

「妳說的也有道理……但從今天的課程來看，皮特的技術還沒到達確認適合哪個流派的程度。應該要避免抄捷徑。如果在打好基礎前就太偏向利森特流，可能反倒會讓他之前學會的技術出現破綻。」

「我可不這麼想。不如說現在用來指導初學者的課程，在技術方面實在太過偏向拉諾夫流了。

我從以前就在想……這種無視個人的特性，『總之先從拉諾夫流開始學』的想法，根本就是放棄思考，這才是魔法師不該有的行為吧？」

兩人開始激烈爭辯，讓被丟下的皮特只能呆站在原地。一旁的卡蒂和凱苦笑著互望彼此。

「啊～開始了……」

「嗯，開始了呢。看好囉，奈奈緒。這是只要去人多的地方就一定會看到的爭論。魔法界的三大議論之一，『基礎三流派何者最強』問題。」

奈奈緒聽完說明後，好奇地探出身子。奧利佛和雪拉毫不在意同伴們的注目，開始愈吵愈烈。

「這不能一概而論。對初學者來說，最重要的就是打好基礎。如果從偏重攻擊的利森特流開始學，一定會過於重視進攻。雖然這樣或許能早點獲得勝利，但也容易培養出高風險的戰鬥方式，導致忽略自己技術上的重大缺陷。」

「那不是流派，而是指導者的問題吧。最重要的是，比起毫無破綻的指導，皮特現在更需要『成長的實感』吧？如果像這樣長期無法取得勝利，在鞏固好基礎前就會先失去進取心。」

雙方的口才不相上下，辯得難分難解。在唇槍舌戰的兩人面前，東方少女思考了一下後提議：

「……不然就這麼辦吧。如果你們無法決定，就折衷一下由在下指導皮特——」

「那可不行！」「不可以這樣！」

兩人異口同聲地說道，彷彿之前的爭論都是騙人的一樣。只有這點毫無議論的餘地，畢竟其他人根本不可能重現奈奈緒的招式。

「我覺得兩個人說的都有道理。簡單來講，只要讓你們各教一半就行了吧？」

「雪拉指導進攻，奧利佛指導防守。不能像這樣分擔嗎？」

看不下去的卡蒂和凱加入仲裁。這讓奧利佛察覺自己的不成熟，清了一下嗓子後說道：

「只要事前協調好方針，我是可以接受這樣的做法……雪拉認為皮特需要實際感受到成長的意見，也不是沒有道理。之後將進行能夠使用咒語的綜合戰，這個時間點某方面來說也算是剛好。」

和雪拉一起默默點頭後，他重新轉向眼鏡少年。

「皮特——我接下來要教你不分流派，『在魔法戰鬥中取勝的方法』。」

「咦……？」

皮特無法理解這句話的意思，露出困惑的表情。奧利佛向他問道：

「我問你，如果想在結合劍與咒語的魔法戰鬥中取勝，有哪些方法？」

少年思考了一會兒後，慎重地回答問題：

「……用魔法劍的技術凌駕對手？」

「沒錯，這是其中一個。還有呢？」

「……在用魔法互相攻擊時獲勝。」

「這是第二個。還有呢？」

問到這裡，皮特終於被考倒，奧利佛開始切入話題的核心。

「除了這兩個方法以外，魔法戰鬥還有『第三種取勝法』——拔出杖劍吧。」

奧利佛下達指示後，自己也拔出杖劍與眼鏡少年對峙。兩人拉出約五英尺的距離後，奧利佛再次提出問題。

「如果是這個距離，你會怎麼做？」

「……用劍砍對方。」

奧利佛點點頭，接著又後退了六步。

「那這個距離呢？」

「當然是用咒語攻擊。」

皮特立即回答。對魔法師來說，在劍砍不到的距離使用魔法是理所當然的選擇。奧利佛再次點頭，然後前進了幾步。

「這個距離呢？」

「——唔——」

這次皮特無法立即回答。乍看之下，這個距離非常微妙。

感覺比他所知的一步一杖的距離還要稍遠一點，所以有機會能詠唱出單節咒語。在他的想像裡，即使對手從這個距離砍過來，還是來得及用咒語迎擊。

「你把這當成正式比賽，從那裡攻擊我看看。可以認真打沒關係。」

奧利佛下達這樣的指示。皮特猶豫了一會兒後，決心拔出腰間的杖劍。

「……**雷光奔**——唔？」

皮特來不及詠唱出最後一個音節，在那之前，奧利佛的杖劍已經先抵在他的脖子上。

奧利佛重新與驚訝的皮特拉開距離，收起杖劍。

「懂了嗎，皮特——你剛才並非輸在魔法劍的技術上。話雖如此，也並非在咒語對決中落於下風。你兩件事都來不及做。」

「——————」

「換句話說，這就是第三種取勝法。『透過看穿距離的界線取勝』——這也是實戰最常見的類型。」

奧利佛如此宣告。沒錯——雖然簡單稱作一步一杖的距離，但並沒有明確定義這個距離到底是多長。因為這會隨著雙方前進的速度、手臂和杖劍的長度，或是架勢產生變化。這次的情況，是修練過拉諾夫流步法的奧利佛進攻的速度超出皮特的預測。

「在所有的魔法戰鬥中，掌握距離既是基礎也是奧義。一旦誤判一步一杖的距離，無論再怎麼厲害的高手都會露出致命的破綻。反過來講，只要能成功營造出這種狀況就能獲得勝利。以詠唱速度極快聞名的巴塔威爾也是因為這樣才被打倒。」

「…………」

「我不要求你完美看穿與敵人之間的距離。這是魔法戰鬥永遠的課題，我自己也還無法辦到。但有沒有意識到這點可是有著天壤之別。你應該也明白。即使對手的劍術和魔法都勝過自己，只要能抓住這個破綻就會有勝算。」

「——！」

皮特在理解這個話題的關鍵後，表情瞬間一變。奧利佛笑著繼續說道：

「我會在接下來的特訓，指導你『如何進行界線上的攻防』。這當然不是件容易的事情，但只要學會就能成為強大的武器——這樣可以嗎？」

皮特立刻點頭。為了能在下次上課前多累積一點經驗，他拜託奧利佛再次舉起杖劍——此時，突然有一道悠然的聲音傳進他們耳中。

「唉。又在做這種繞遠路的事情哩。」

皮特吃驚地回頭看向教室入口，那裡站了一個倚門而立的男學生。那獨特的口音和修長的身軀，不可能讓人認錯。

「Mr.羅西……？」

奧利佛驚訝地喊出對方的名字。羅西輕輕揮手代替招呼，再次開口說道：

「你們說的話我都聽見了。眼鏡同學，你想變強吧？」

「…………」

「想的話我可以教你。我知道能比跟他學習還要更快變強的方法，而且一點都不麻煩哩。如何，要來我這邊嗎？」

羅西說完後向皮特輕輕招手。奧利佛和雪拉立刻擋在兩人之間。

「……可以請你別突然跑來亂拐人嗎？」

「就是啊。Mr.羅西，偷聽可不是個好行為喔。」

兩人用銳利的視線和言論進行牽制。羅西見狀，就笑著說道：

「眼鏡同學，你被可靠的同伴守護著呢……但這樣好嗎？」

「……！」

「待在那裡感覺不錯吧。被人像公主一樣珍惜，將危險的事全都丟給別人。一進這間殘酷的學校就遇見溫柔的同伴，你的運氣還真好。

不過……你真的覺得像你這樣有辦法變強嗎？」

皮特啞口無言地呆站在原地，奧利佛擋在他前面低聲說道：

「別用這種無聊的話動搖他——還是你想現在就來搶奪彼此的徽章，Mr.羅西。」

奧利佛的回應裡充滿鬥志，暗示對方想現在就開打也無所謂。察覺兩人可能會在這裡比試，卡蒂等人瞬間表現出戒備的樣子，但羅西舉起雙手敷衍過去。

「哈哈——還是算了。難得你盛情邀約，但這樣下一堂課就要遲到了。再見哩，眼鏡同學。我會等你，如果改變主意就來找我吧。」

隨口丟下這句話後，羅西就乾脆地轉身離開。空教室再次恢復平靜，但六人看起來還是覺得難以釋懷。

雖然羅西突然現身擾亂了氣氛，但下一堂課馬上就要開始了。六人快步走出校舍，前往戶外的上課場地。他們占據剩下的那張作業臺，沒過幾秒，魔法生物學的教師就出現了。學生之間閃過一絲獨特的緊張感。

「今天要教的是妖精——唉，雖然都叫妖精，但還是可以分成很多種。」

凡妮莎．奧迪斯用這句話當開場白，指向背後那個事先在上課場地展開的長方體結界。宛如透明玻璃容器的結界內部，有許多長著透明翅膀的人形生物在其中飛來飛去。

「分類上就和『鳥』一樣隨便，從麻雀到禿鷹都被歸到相同的類別。牠們在尺寸上也是從肉眼看不清楚的極小尺寸，到最大的二十英吋都有。」

凡妮莎在說話的同時，用手背敲了幾下結界表面。即使如此，裡面的妖精還是沒有任何反應，這讓奧利佛瞬間察覺那個關住妖精的結界性質——從結界裡面應該看不見外面。是用來單方面觀察裡面生物的結界。

「然後，牠們大部分都擁有類似人類的外形——雖然外表相似，但牠們和在亞人種當中也算相當嬌小，俗稱『小人族』的種族在分類上仍是不同物種。喜歡亞人種的奧托大小姐，妳能告訴大家為什麼嗎？」

凡妮莎用明顯是在揶揄的語氣，向捲髮少女問道。卡蒂表情僵硬地回答：

「……因為身體構造完全不同。最大的重點，就是妖精沒有『腦』。雖然牠們用全身發達的神經網路取代大腦的功效，但認知方法仍和人類有很大的差異。從牠們對『個體』的認識十分薄弱這點來看，比起人類，牠們更接近螞蟻或蜜蜂。」

少女流暢地回答完後，教師刻意表現出佩服的樣子。

「真令人驚訝，看來妳講話時還是能好好區分感傷與現實呢——唉，大概就是這樣。儘管外表像人，但內在和成長過程完全不同。只要解剖過就能馬上明白。」

凡妮莎聳肩說完後，再次轉向學生。

「我每年都一定會替一年級生上妖精的課。這是為了讓大家體驗接近極限的恐怖。因為啊——這些傢伙很可愛吧？」

雖然凡妮莎這麼說，但沒有學生將她的話當真。他們在入學半年後早已明白——這個教師不可能疼愛生物。

「大部分的妖精外表都很可愛，但這並非偶然。『可愛』是非常了不起的生存戰略。光看就能讓人放鬆，並無條件地湧出慈愛之心——這在生存上是極大的優勢。作為對抗掠食者的策略，視情況而定或許比用毒或逃跑還有效。」

奧利佛點頭表示贊同。將「可愛」當成武器的魔法生物絕對不在少數。如果進一步延伸，甚至能發展成魅惑，變成能自由操縱其他生物的能力。

「這些傢伙就是朝那種方向進化的生物，但光靠可愛當然無法生存。巧妙避免自己被吃掉後，剩下的問題就是必須餵飽自己——換句話說，牠們也有掠食者的一面。我現在就展現給你們看。」

凡妮莎露齒而笑，從附近的工作臺底下拉出籠子。裡面裝著一隻活兔子。她打開蓋子，硬是抓住兔子的脖子，將牠丟進結界裡。那個結界似乎並未禁止外界事物進入，兔子輕易就掉進妖精們當中。

那群妖精一發現新出現的生物，就開始產生「變化」。牠們的手腳末端變得尖銳，張大的嘴巴裡長出尖牙，用來飛行的翅膀動作也瞬間變得劇烈。剛才可愛的外表已經不見蹤影，牠們顯露出本能一齊襲向兔子。

「很劇烈的變化吧？這叫群居相。只要滿足幾個特定的條件，並讓棲息環境的個體群密度超過一定數值就會出現。那是褪下表面的可愛後，轉為注重狩獵效率的掠食者型態。牠們變成這樣後，有時候甚至會獵食人類。」

遭到無數妖精襲擊的兔子就這樣被撕裂吃掉，完全無法抵抗就失去了性命。面對牠的死亡，學生們只能默默倒抽一口氣。即使是大自然的法則，這樣的景象還是太過悽慘。

「沒什麼好驚訝的。你們其實也差不多吧？只要人一多就會變囂張，一旦失去餘裕就會不顧形象地想活下來。這才是生物應有的存在方式。畢竟——」

凡妮莎說到這裡停頓了一下，在結界面前張開雙手。就在學生們警戒著她到底想做什麼時，「她的雙手開始明顯產生變化」。凶惡的筋骨從受不了壓力爆裂開來的皮膚內側顯露出來，手上也開始長出與手指同化的巨爪。

「——唔！」

這個熟悉的景象讓奧利佛感到毛骨悚然。在那之後，凡妮莎用快到讓他們看不清楚的速度揮動雙手——光是這樣，就讓包圍兔子的妖精們在結界中化為無數的肉片散落。

「——就是因為知道失敗會有這種下場，所有生物才會拚命設法活下去。無數的生物像這樣持續累積各種形態與方向都不一樣的『生存方法』，再傳承給下一代。所謂的魔法生物學，就是解析這些生存方法的學問。」

凡妮莎將沾滿血肉的異形雙臂展現給學生看，接續剛才中斷的地方說道。刺鼻的血腥味和內臟的味道，用暴力的方式讓學生親身體驗到她所說的內容。

「可愛的生物要多少有多少，但只有可愛的生物可是一種也沒有——你們可別太小看生物了。如果不想死就拚命學習，對無力的你們來說，這就是你們目前的生存方法。」

這堂課結束後，六人一起前往餐廳，但卡蒂的怒氣仍未平息。

「——啊——真是的——那個老師到底是怎麼回事！」

卡蒂不顧旁人的眼光大聲怒吼，自暴自棄似的吃著派。其他五人都沒有安撫她。如果卡蒂沒有這麼生氣，那才讓人擔心。

「退一百步而言，她的課程內容也不是沒有讓人贊同的部分！但根本就沒必要讓兔子被捕食，或是殺妖精給我們看吧？只要直接做出相同的說明就行了吧！她根本只是想嚇唬我們！」

「……那的確令人印象深刻呢。害我們都沒食慾了，對吧，奈奈緒——」

「嗯唔？」

一直無法下定決心動叉子的凱一看向旁邊，就發現奈奈緒嘴裡塞滿了料理。高個子少年苦笑地搖頭。

「……不，沒事，妳還是一樣堅強呢。」

「我還不是也在吃！凱，這個也給我吧！」

「啊，喂？我的肉捲……！」

卡蒂一發現朋友沒有食慾，就開始搶他盤子裡的肉料理。凱看情況不妙，連忙也開始用餐。雪拉看著他們的互動，微笑地說道：

「大家都變得比剛入學時還要堅強了呢……話說你們下午有什麼打算？今天是要參觀社團活動吧。」

她提出的問題，讓五人開始互望彼此。

「在下打算去參觀掃帚競技。畢竟難得找到了搭檔。」

「應該有很多社團會搶著要奈奈緒吧。那我也跟妳一起去吧。」

「嗯？雪拉也想騎掃帚嗎？」

「雖然我對自己的騎術也很有自信，但我通常都是當觀眾。我從現在就開始在意奈奈緒加入後，會對之後的掃帚競技產生什麼影響了呢。」

雪拉眼裡閃耀著期待，在一旁小口吃著布丁的皮特說道：

「……我會去參觀與鍊金術有關的社團。一來是對課業有幫助，再來是聽說那些社團裡有很多普通人家庭出身的人，在各方面都比較方便。」

「嗯，這樣很好。鍊金術的努力容易反映在成果上，很適合你呢。」

奧利佛微笑地點頭。凱靠在椅背上思索。

「我已經參觀過幾個園藝類型的社團了，今天就去看奈奈緒的狀況好了。卡蒂呢？」

「我有很多社團要參觀。首先是亞人文化研究會，當然還有魔法生物飼育社，再來是幾個和人權運動有關的社團——」

捲髮少女列出一隻手數不完的社團。凱聳肩說道：

「看來卡蒂要分開行動了。奧利佛，你呢？」

「嗯——」

一被問到這個問題就感覺到一股視線的奧利佛，看向視線的方向。如同他的預料——奈奈緒正用充滿期待的眼神看著他。

結果除了皮特和卡蒂以外的四個人，都決定去參觀掃帚競技的社團活動。

校內有四個供掃帚競技者使用的練習場，四支獲得學校公認的隊伍每天都在各自的場地練習。他們來到由其中一個隊伍「野雁」管理的場地。

「——喔喔？武士少女，妳來啦！」

一從上空發現四人的身影，一名學長和一名學姊就開心地降落到地上。東方少女往前踏出一步接受他們的歡迎。

「在下是奈奈緒・響谷。請問可以參觀活動嗎？」

「當然可以！跟妳的朋友們一起進來吧！」

學姊繞到四人後面，將他們推向練習場。讓他們坐上參觀用的長椅後，她用揮手的方式向場內的隊員們打信號。這時候，學長開口說道：

「那我開始說明活動了！使用掃帚的運動被統稱為掃帚競技！其中有三個主流項目，被通稱為『三大競技』！」

學長熟練地開始說明。與此同時，場內各處浮起了巨大的圓環。競技者們也跟著展開行動，繞著橢圓形的場地高速飛行。所有人的腰間都插著一根長棍。

「首先是第一種！集體繞著規定路線飛行的競速項目！設置在空中的圓環就是路線，如果沒有按照順序穿過那些圓環就會失去資格！再來就是飛得愈快愈厲害！」

學長利用其他人的實際演練進行解說。接著學姊從後面推開他，換她上前說明。

「再來是第二種！騎著掃帚做橫8字飛行，與其他選手一對一決鬥的項目！是激烈的正面衝突！雙方拿著專用的擊棍，努力擊落對手，是個既單純又深奧的項目！」

她一開始說明，就有兩個原本在場地邊緣飛行的競技者脫離隊列。兩人以左右對稱的方式劃出弧線升上高空——拔出腰間的武器用雙手握住，然後一口氣急速下降，在極近距離擦身而過。擊棍激烈衝突的聲音響徹比賽場地，讓奈奈緒興奮地發出歡呼。

「喔喔！是在空中互相攻擊啊！」

「很有魄力吧？這就是掃帚競技！」

雪拉也跟著大喊。兩人的反應讓學姊非常高興，並繼續說明下去：

「最後是第三種！掃帚競技最受歡迎的項目，期待已久的團隊戰！」

場內的競技者們自己分成兩邊，在各自編好隊後互相對峙。在互瞪了幾秒後——兩個陣營突然開始加速並正面衝突。所有人都用雙手握住擊棍想要擊落對手，看起來就像是在空中演出一場會戰。

「這項競技簡單來講，就是集體進行剛才的對決！十三人對十三人，雖然有許多細部的規則，但總之就是只要領隊被擊落就算輸了！」

學長激動地繼續說明，學姊又再次將他推開。

「『更加野蠻，更加美麗』——這就是掃帚競技的口號。在這裡野性才是美麗，鬥志才是正義！所以，請你們也務必——」

「唔喔？」

就在解說進入佳境時，上空突然傳來聲音。其中一個在進行示範的競技者，在急速下降的過程中用力撞到另一個競技者——然後就這樣從掃帚上掉了下來。剛才加速的衝勁，讓他急速朝地面墜落——

「**減速吧！**」

就在那人即將撞上草皮的瞬間，奧利佛迅速從長椅起身，用魔法替他減速，讓墜落者安穩地被柔軟的草皮接住。競技場內陷入一片寂靜。奧利佛舉著白杖，尷尬地開口：

「——不好意思，我看那個速度好像很危險，反射性就……」

他沒辦法坐視不管，所以身體就自己動了起來。就在奧利佛打算繼續道歉時，學姊用力抓住他的肩膀。

「……你要不要當防護員？」

「咦？」

「你的眼力不錯。如你所說，剛才那起墜落事故確實不太妙。如果只是正常墜落，應該會被底下的草皮接住，但像剛才那樣在加速狀態下墜落時，偶爾會造成重傷。負責防止這種情況發生的人員就是防護員——他們負責在會場底下待命，接住墜落的選手。」

她指著奧利佛剛才幫助的學生說完後，繼續力勸愣住的少年加入。

「安全管理的關鍵，換句話說就是在幕後支持大家的人，但這個職位其實非常需要技術。不僅要能精準操控咒語，還要能預測選手的動向。你剛才就順利做到了吧？明明連我們隊上的防護員都來不及反應，你的咒語卻趕上了。看來你的直覺非常敏銳。」

「……呃，只是我的位置碰巧比較好……」

「當然你想以普通選手的身分加入社團也行！不管是以先發選手為目標努力練習，還是只想單純享受這項競技都沒問題！但我們真的很缺防護員！所以希望你能接下這個職位！我們會很感謝你！」

「…………我、我考慮看看。」

面對學姊的熱情與氣勢，奧利佛光是這樣回答就已經竭盡全力。學姊又補了一句「希望你能認真考慮」後，就轉身跑向比賽場地。雪拉看著她確認墜落者的傷勢，低聲說道：

「剛才的提案或許還不錯呢。」

「雪拉？」

「就帚術課之前的上課情形來看，我覺得奈奈緒一定會用非常魯莽的方式飛行。這樣她在練習時也很可能以危險的方式墜落……不對，是一定會這樣。如果這時候有奧利佛待在她的身邊，就能夠照顧她了。」

「喔喔！原來如此！」

奈奈緒像是聽見什麼妙案般拍了一下手，奧利佛忍不住扶著額頭說道：

「……妳是要我以奈奈緒專屬防護員的身分入社嗎？」

「當然還是要看你個人的意願。只不過──像她那樣的天才，應該很有接住的價值吧。」

縱捲髮少女輕笑著說道。奧利佛嘆了口氣。打從他沒辦法將這件事一笑置之時起，他就幾乎已經確定會輸了。

只要不是以先發選手為目標，就能按照自己的節奏參加社團活動，而且隨時都能退出社團。奧利佛想起社團前輩在最後補充的說明，在結束一天的行程回到宿舍房間後，他開始認真煩惱。

「…………」

實際上，他最後的回答是想等參觀過其他三支隊伍後才決定要不要入社。但對少年來說，問題的重點還是要不要陪奈奈緒參加掃帚競技……打從入學以來，無論在好的方面或壞的方面，他都一直被奈奈緒要得團團轉。就連社團活動都繼續維持這樣的關係真的好嗎？

「……呃，可是即使不考慮奈奈緒的事情，這樣就能在課外時間練習帚術……」

少年坐在床上陷入沉思，不斷嘟囔。在自己的書桌複習今天課業的皮特，看向奧利佛說道：

「……我覺得想做就去做吧。」

「——皮特？」

「我沒打算干涉你的選擇，但感覺你從剛才開始，就一直在找能夠壓抑自己心情的藉口。」

室友出乎意料的指摘，讓奧利佛驚訝地僵住。眼鏡少年像是在逃避他的視線般，將臉轉回書桌。奧利佛凝視著那道重新開始念書的背影。

「……我一直在找藉口嗎？」

重新說出口後，感覺一切確實就像皮特說的那樣。奧利佛苦笑著從床上起身。

「謝謝你，我會再考慮幾天——那我差不多該出門了。」

「啊……」

皮特似乎想對準備出門的奧利佛說些什麼，但奧利佛一看向眼鏡少年，他就吞吞吐吐地回應：

「……沒什麼。路上小心。」

「嗯。謝謝。」

奧利佛接受朋友的關心走出房間。之後他直接離開宿舍，獨自前往夜晚的校舍。

今天的「入口」是位於校舍三樓角落的大水盆。和繪畫與鏡子一樣，有水的地方經常能通往異界。話雖如此，因為與異界連接的地方會隨著日期改變，學生們都是在明白其模式的情況下出入校舍和迷宮。

「……唔……」

一進入陰暗的通路，肩膀就感覺到一股沉重的氣氛——即使入學已經半年，獨自踏入迷宮還是讓奧利佛覺得心情沉重，就像是與「死亡」的距離突然之間縮短了。自己遲早有一天也會習慣這種感覺吧？

「……振作一點。如果無法獨自在迷宮內行走，就什麼都無法開始。」

奧利佛輕輕拍了一下臉頰，重新振作精神，他點亮白杖前端，慎重地在迷宮內前進。他稍微走了一段路後，就感覺到人的氣息，並在第三個岔路遇見兩個高年級生。

「喔，我們沒有敵意喔。」

「是一年級生嗎？怎麼這麼早就自己進迷宮。可別潛得太深喔。」

幸好那兩個高年級生沒有過來糾纏，只留下善意的忠告就離開了。奧利佛鬆了口氣，重新看向通道前方。

「……就像前輩們說的那樣，千萬不可以大意呢。」

但不管有沒有大意，在真的出事時，所有的心理準備都還是會被吹跑。而且奧利佛經常遇到這種狀況。

「……哎呀？你是——」

潛入迷宮一個多小時後，奧利佛遇見了那個人。在通道的角落，妖豔的魔女像是覺得無聊般坐在一塊石材上。她的周圍還是跟上次見面時一樣，充滿了能夠侵蝕人心的惹香。

「——薩爾瓦多利學姊。」

奧利佛警戒著喊出對方的名字。面對緊張到像是遇見什麼怪物般的學弟，魔女——奧菲莉亞．薩爾瓦多利露出苦笑。

「唉，你會有這樣的反應也很正常……冷靜點，我今天沒打算對你怎麼樣。一看就知道我現在沒那個心情吧？」

坐在石材上的魔女晃著雙腳說道。奧利佛皺起眉頭。對方的樣子看起來確實不像上次見面時那麼可怕。

「你對惹香有抗性呢——這樣正好，稍微陪我一下吧。我不會叫你陪我談天說笑，只是剛好想找個人講話。」

奧菲莉亞說完這段不曉得是開玩笑還認真的話後，指向自己坐的石材，似乎是在示意少年坐到她旁邊。奧利佛認真思考是不是該立刻轉身全力逃跑，但隨便惹惱對方也並非上策。

稍微猶豫了一會兒後，奧利佛間隔一段微妙的距離在魔女旁邊坐下……對方看起來確實沒有加害之意，所以他將目標定為在不刺激她的情況下安全離開。

「……妳在那之後都一直待在迷宮裡嗎？」

「我有回校舍幾次。因為我想吃餐廳的南瓜派。你也喜歡那個嗎？」

「……硬要說的話，我比較喜歡南瓜塔。」

煩惱了一會兒後，奧利佛刻意誠實回答……雖然阿諛奉承地配合對方的說法很簡單，但以兩人現在的關係，不管再怎麼掩飾都會顯得做作。既然她真的只是想和後輩閒聊，那還是誠實回答比較妥當。

奧菲莉亞的側臉露出微笑。看來這個判斷沒錯，奧利佛因此稍微鬆了口氣。

「嗯，那個也很好吃——我有聽說一些傳聞，你們似乎很引人注目呢。跟紅王鳥戰鬥過的感想如何？」

「坦白講，我覺得能贏才是不可思議，所以實在不想再和那種東西戰鬥。」

針對這個問題，奧利佛也同樣誠實回答，讓奧菲莉亞輕輕笑了出來。

「戈弗雷學長以前也講過類似的話呢——雖然只是推測，但那個人應該很關心你們吧？」

「……為什麼會這麼想？」

「因為你們很像。尤其是從一年級就開始挑戰超出自己實力的冒險這點。我和卡洛斯那傢伙，以前也經常陪他到處跑。」

奧菲莉亞道出令人出乎意料的過去。奧利佛努力壓抑想繼續問下去的衝動後，奧菲莉亞突然靜靜問道：

「……你跟卡洛斯聊過了嗎？你應該還記得吧，就是和戈弗雷學長在一起的那個討人厭的傢伙。他現在應該是在當監督生。」

針對這個問題，奧利佛覺得必須回答得慎重一點。如果說出自己有參加過「那場聚會」，或許會間接洩漏皮特想要隱瞞的體質。因此，奧利佛先在腦中整理了一下情報才回答：

「……我們有聊過幾次，內容大多是閒聊，以及在這裡生活的建議。我覺得他跟戈弗雷學長一樣很會照顧人。」

「與其說是很會照顧人，不如說那已經是他的興趣。小心點，如果太大意可是會被他煩死。像你們這種值得關心的後輩，特別容易被盯上。」

魔女說完這段不曉得是忠告還是謾罵的話後，突然用力伸了個懶腰。

「嗯，感覺稍微爽快了一點……謝謝你陪我閒聊——不過啊。」

「——唔！」

奧菲莉亞用白皙的指尖輕撫奧利佛的下巴，在僵住的少年面前露出妖豔的微笑。

「即使是較淺的階層，最好也不要一個人亂跑喔。冒險要適可而止，你還是留在校舍認真念書吧——特別是最近這幾個月。」

留下這句話後，魔女就起身離開。直到她的背影消失在轉角，殘留的香氣也逐漸消散後，奧利佛才深深鬆了口氣。

總算順利與奧菲莉亞分開後，奧利佛又走了約二十分鐘才抵達今天的目的地。

「——諾爾！」

說出暗號穿過隱藏門後，他一走進房間，馬上就被一個淡金髮色的女學生緊緊抱住。即使有些驚慌，奧利佛仍未排斥對方的擁抱。

「哇噗——晚安，夏儂姊。」

奧利佛呼喚對方的名字，輕輕推開她的肩膀。他將視線移向房間深處後，就看見一個高大青年正坐著保養低音提琴。

「諾爾，歡迎你來。路上的情況還好吧？」

「我沒有迷路，也有順利避開危險的場所……但還是不太習慣。我會再謹慎地累積經驗。」

聽到少年直率的感想，赤銅髮色的青年深深點頭。淡金髮色的女學生也微笑地將手放在少年的肩膀上——奧利佛的大哥格溫．舍伍德與大姊夏儂．舍伍德，都是與他沒有血緣關係的高年級生。

「比起這個——格溫大哥，沒想到之前居然會在那個場合遇見你。我都不知道你有在幫卡洛斯學長伴奏。」

「嗯。雖然不是『同志』，但我和他也認識很久了。」

格溫沒有停止保養樂器，用平淡的語氣回答。光是聽見青年沉靜的聲音，就讓奧利佛覺得緊張的心情逐漸平復。

「總而言之，我很高興你能靠自己的力量來到這裡。這裡是我和夏儂的隱藏工房——你可以把這裡當成自己家。看是要休息還是鍛鍊都隨你高興。」

「我來泡茶。諾爾，你要吃蛋糕嗎？」

夏儂開心地準備茶具。之後不到五分鐘，紅茶和蛋糕就準備好了，奧利佛也在兩人替他準備的椅子坐下。大哥格溫坐在他的對面，大姊夏儂則是帶著溫柔的微笑坐在他旁邊。少年拿起茶杯，喝了一口紅茶。

「……唉，總算可以放鬆了。我來這裡的路上一直都好緊張……特別是遇見奧菲莉亞學姊時，我真的快嚇死了。」

奧利佛才剛說完，一旁的夏儂就將臉湊了過來，害他差點兒把紅茶弄灑。

「──你，遇見莉亞了？在哪裡？」

夏儂一臉殷切地問道。即使被她的反應嚇了一跳，奧利佛仍簡略說明遇見奧菲莉亞時的狀況。格溫冷靜地制止突然從椅子上起身的夏儂。

「算了吧。既然她和諾爾分開後就回到深層，現在去追也來不及了。」

夏儂一聽，就沮喪地垂下視線。格溫保養完樂器後，雙手抱胸說道：

「薩爾瓦多利啊……雖然是個危險的學妹，但她並不討厭夏儂。她們以前交情還算不錯。只是最近一年都沒機會見面。」

「……夏儂姊，你們以前關係很好嗎？」

「因為，莉亞……是個怕寂寞的人。」

夏儂嘟囔著回答，這句話讓奧利佛猛然驚覺……即使對自己來說是可怕的高年級生，對這位大姊來說卻是低一個年級的學妹。

「真是稀奇。雖然在入學典禮後也有糾纏過你，但她其實很少來到這麼上面的階層……她今天應該是有什麼特別的理由才會上來。」

格溫閉上眼睛，開始思索那個「理由」到底是什麼，但很快就重新睜開眼睛，用溫和的眼神看向弟弟。

「先別管薩爾瓦多利的事，我想聽聽你最近的情況。隨便講什麼都好，我和夏儂都很期待呢。」

夏儂聞言也重新振作精神，微笑地凝視奧利佛。即使感到有些難為情，少年仍開始思考該說什麼。

「發生了很多事……該從哪裡說起好呢。」

等所有人的茶杯都空了後，奧利佛已經大致報告完近況。

「——奈奈緒・響谷啊。」

格溫低聲唸出這個在弟弟的報告裡最常出現的名字。既然少年對她的事情特別著墨，這自然會第一個被當成話題。奧利佛點頭回應：

「雖然作為一個魔法師還不夠成熟——但她的才能真的是超乎尋常。而且還不斷在成長。這樣看來，真無法想像一年後會變得怎樣。」

奧利佛在明白以自己的標準無法衡量對方的情況下，說出率直的感想。過了一會兒，格溫再次開口：

「……你確定，她是第七魔劍的使用者嗎？」

「……我無法斷言。因為她只有在與薇菈・密里根戰鬥時使用過一次，之後就再也無法重現。不過——我的直覺是這麼說的。即使並不完全，但同為魔劍的使用者，我覺得她是『同類』。」

少年心裡懷抱著超越理論的確信。格溫也毫不懷疑地接受了他的說法。在談論這個話題時，奧利佛並非格溫的弟弟，而是他們侍奉的君主。

「再加上還有吸引人的領袖魅力嗎……真的會讓人回想起某個人呢。」

大哥的感想，讓奧利佛用力咬緊嘴唇。他早就預料到格溫會這麼說。

「……在『選帚儀式』中，母親的掃帚認同了她。」

奧利佛說出這件依然記憶猶新的事情。格溫並不驚訝——因為他早就聽說這件事。來自東方的武士收服了「那支掃帚」。在本人不知情的情況下，這件新聞早在事件當天就傳遍了整個學校。

「奈奈緒確實擁有『什麼』。等注意到時，我的眼睛已經無法離開她。雖然有一部分單純是因為她本來就容易讓人擔心，但我就是放不下她。到底該怎麼辦才好……」

奧利佛向眼前的兩人坦承自己不明白這份在心裡持續膨脹的感情究竟是什麼，面對他的告白，夏儂露出溫柔的微笑。

「諾爾——你很喜歡那個女孩呢。」

「——我……」

夏儂點出一個讓人無法輕易肯定，但也無法否定的事實。真的可以用好感來概括這份感情嗎？奧利佛煩惱地皺起眉頭，格溫對他說道：

「冷靜點，諾爾。就算想對夏儂掩飾自己的真心也沒意義……『受到吸引』這種感情，對魔法師來說非常重要。那個女孩恐怕是個能為你的生存方式帶來重大改變的存在。你必須面對這個事實。」

大哥告訴少年——不需要勉強用言語表達難以說明的心情，只要單純懷抱在心裡就好。這讓奧利佛驚訝地倒抽一口氣。無論是該與那個少女保持什麼樣的距離，或是該如何界定兩人之間的關係。少年到現在都還無法決定。

「等時候到了，你自然會知道那份感情是什麼。慢慢來，不用急著下結論，你還只是一年級生。」

「…………」

「的確，如果能將奈奈緒．響谷拉攏為『同志』，那當然是最好……但俗話說欲速則不達。現在還是先慎重一點。你只要做你自己，誠實地對待朋友就好。這麼一來，無論是『檯面上』或『檯面下』——你的同伴都會變多。」

這個踏實的建議打動了奧利佛。他覺得自己內心動搖的部分逐漸沉靜下來，於是點頭回答：

「的確，你說的沒錯……幸好有找你們商量。那麼，我差不多該走了。」

奧利佛舉起手阻止大姊繼續倒茶，起身準備離開——如果繼續留在這裡，他的表情一定會流露出破綻。夏儂一臉寂寞地將手伸向弟弟。

「……諾爾，你要保重。」

奧利佛被抱住後，也回抱了對方——這感覺既溫暖又令人憐愛，讓他捨不得離開。

即使這些想法湧上心頭，他也絕對不能說出口。少年認為自己沒有這個資格……同時也明白對方早就看穿自己內心的糾葛。

「放心吧，大姊——我一定會回到妳身邊。」

所以他絕對無法逞強。奧利佛並非基於空虛的希望，而是用毫不動搖的決心許下諾言。

離開隱藏工房後，奧利佛漫無目的地在迷宮內走了約一小時。然後——又過了四十分鐘，他的後頸開始感覺得到刺痛感。

「…………」

這讓他稍微改變行動。這次並非漫無目的地四處遊蕩，而是刻意尋找某種地形。道路寬廣，地面平坦，而且中途不太可能會有人打擾——當找到滿足這些條件的地點時，少年突然停下腳步。

「……已經可以了吧。出來吧，Mr.羅西。」

奧利佛低聲這麼說道。接著，一道修長的身影就從他後面的轉角探出頭。

「哎呀，被發現啦。真難為情哩。」

搔著頭現身的男學生，正是一年級生最強決定戰的發起人——圖利奧·羅西。奧利佛正面看著對方，提出一個問題。

「我知道你從在餐廳提起這個活動時，就已經盯上我了——我以前有得罪過你嗎？」

「沒有沒有。無論是你個人或你的家族，都跟我沒什麼因緣哩。」

「那為什麼盯上我？」

奧利佛接著問道，羅西開玩笑似的聳肩。

「我看不慣你比我還出風頭。這個理由不行嗎？」

「雖然不是不行——但我應該沒奈奈緒那麼引人注目。」

「小奈奈緒很可愛所以沒關係。那個女孩實在讓人恨不起來呢。」

從羅西悠然的回答裡，完全看不出他的真心話。接著羅西立刻在沉默的奧利佛面前拔出杖劍。

「唉，那些瑣碎的事情隨便怎樣都好。只要打一場就什麼都解決了。這就是決鬥的好處吧？」

少年察覺對方不想再把時間花在問答上，於是也跟著拔出杖劍。

「關於規則，我有兩個提議。首先是採取不使用咒語的劍術戰，然後是不殺咒語只施展一半。這樣如何哩？」

「————」

「一直用小家子氣的咒語攻擊，或是即使砍到對手也不會見血，會讓人很沒幹勁吧。只要勉強不會造成致命傷就行了吧。這樣才有在迷宮戰鬥的價值。」

羅西笑著提議。他不僅想將戰鬥限制在近身戰，還打算刻意削弱用來避免受傷的不殺咒語。雖然這種規則在外面的校舍只適用於高年級生，但在迷宮內實質上根本就沒有這種限制。奧利佛點頭同意對方的提議。

「可以，我兩樣都接受。」

「哈哈。你這傢伙真上道。」

羅西笑著說道。儘管奧利佛不會因為這點程度的危險就動搖——但由此能夠看出對方戰鬥經驗豐富，這點讓他提高了戒備。

「「**不斷不穿**。」」

兩人對彼此的杖劍施加調整過的不殺咒語，等白色光芒消失後，兩人隔著一步一杖的距離對峙。

「那麼，這樣就準備好了——我們開始吧。」

羅西說完後舉起杖劍，奧利佛也同時將劍尖指向對方，但對手突然喊道：

「啊，對了。我忘了說一件事。」

「……？」

就在奧利佛準備問是什麼事時，羅西瞬間衝了過來，從側面發動攻擊，但被奧利佛用杖劍擋下。

「果然還是訂正一下。我並沒有特別忘記什麼。」

「……突然就用這招啊。」

奧利佛皺著眉頭接住對方的劍——才剛開打就從正面突襲。這與他對羅西的第一印象相符，看來這傢伙果然相當奸詐。

劍身承受的重量突然消失，敵人也在同時展開追擊。先是瞄準肩膀，然後攻擊手腕，再趁對手習慣斬擊時突然轉為刺擊。羅西繼續對擋下這些攻擊的奧利佛施展連擊，並開心地喊道：

「哈哈，虧你擋得住呢！真是漂亮的拉諾夫流！看來你有個好師傅！」

羅西的身體突然下沉，砍向奧利佛的小腿——瞄準腳的攻擊非常棘手。奧利佛迅速收回前腳，瞄準對方空揮的瞬間刺出一劍。

「喲！」

現在起身已經來不及閃避。然而羅西推翻少年的預測，主動往前倒。他在往前翻通過對手側面時，還順便朝對手的腳踝揮了一劍。奧利佛立刻抬起單腳迴避，然後重新朝在自己斜後方起身的羅西擺出側身的架勢。

「相較之下，我的劍術真是太沒教養了。我是個彆扭的人，實在無法照標準的方式練習，所以每個教我的人都很傻眼。很蠢對吧。」

羅西仗著這是不用咒語的劍術戰，一直喋喋不休。然而——奧利佛也對羅西的劍術大吃一驚。「實在是太亂七八糟了」。無論是瞄準腳攻擊還是往前翻閃躲，這個對手輕易就忽視了魔法劍的常理。不過——即使如此，羅西的破綻還是少到讓人驚訝。

「但我也有自己的主張。無論是拉諾夫流、利森特流或庫茲流，感覺都不太適合我。每次學到新招式，我都會覺得應該有其他更簡便的作法。你難道都沒有這種經驗嗎？」

奧利佛幾乎沒有在聽羅西囂張的發言，將心思都放在戰鬥上面。不急著分出勝負，先看穿對手的戰鬥方式——這是他的基本風格。但這並不代表會持續採取守勢。

「——呼！」

奧利佛刻意不理會對方的虛招，正面砍向羅西——面對不尋常的對手，最好的方法就是回歸正統。奧利佛穩紮穩打，用連續攻擊施壓，想將對手逼到牆邊再確實擊敗。根據經驗，這種類型的對手只要一陷入被動就很難翻身。

「喲！」

但他的計畫在一開始就失敗了。少年驚訝地睜大眼睛——他的劍被擋了下來。但對手並不是用杖劍防禦。羅西伸出的左手前端，裝著一個包住拳頭的手甲(精金)，並直接用拳擊應付斬擊。

「舉例來說……」

不僅如此，羅西還趁攻擊被擋下的奧利佛來不及採取下一步行動時，上前踩住對方的腳，然後以整個人撞上去的氣勢，砍向無法後退且姿勢大亂的少年。

「也有像這樣的戰鬥方式吧！」

被迫以不穩定的姿勢接招的奧利佛一口氣後退。從一開始的突襲到後續的連擊——奧利佛勉強用杖劍擋下這些貪心地瞄準要害的攻擊。他完全沒有餘力反擊，主動權都掌握在對方手上。

「……看來你很擅長與人混戰。」

「不好意思，我沒什麼教養。」

經過六次交鋒後，兩人再次刀刃相接，距離近到能感覺到對手從杖劍對面傳來的呼吸。奧利佛試著分析對手的戰鬥方式。

裝在非慣用手上的手甲防具。雖然這是除了杖劍以外，羅西唯一能用來防禦杖劍的部位——

但與這項功能相反，要把手甲當成盾牌使用並非易事。理由非常簡單，那就是表面積太小了。話雖如此，這種東西又不能做得太大。手甲的素材是魔法金屬「精金」，這種金屬後來也成了手甲的通稱。儘管擁有極強的硬度，但相對地也非常沉重。為了避免動作受到影響，像這樣包住半個手背的尺寸就已經是極限了。

基於這樣的限制，通常只有在最關鍵的時刻，才會把手甲當成盾牌使用。但少數使用者會以更加積極的方式使用手甲。換句話說——就是並非當成手甲，而是當成護拳使用，藉此「壓制」對手的斬擊。由於基礎三流派的拉諾夫流、利森特流和庫茲流都不推薦這麼做，因此這算是一種偏向邪道的使用方法。

「隨你高興——我累積的修練也不會這麼容易就被擊敗。」

即使承認對手的劍術很難應付，奧利佛仍充滿自信地如此說道。

「你這傢伙果然讓人很不爽。」

雙方一點一點地靠近。在進入一步一杖距離的瞬間，羅西立刻繞到奧利佛的左側連砍了兩劍，他沒有漏看奧利佛往前踏出了腳步。奧利佛原本預測對手會用拳擊壓制杖劍，所以集中精神準備反擊對手的手臂——

「——唔？」

下一個瞬間，「從鼻子傳來的衝擊」讓他大吃一驚。

「哈哈！」

羅西趁對手僵住時發動猛攻，他無視對手的防禦，像是在毆打般連續攻擊。奧利佛心裡瞬間湧出想立刻後退的衝動，但最後還是忍住了。如果這時候後退就會直接被擊敗——少年貫徹理性的指示，拚命留在原地應戰。

「——呼……！」

奧利佛抓準對手朝臉部連擊的空檔，刺出一擊。在敵人停止進攻的瞬間，他立刻往後跳拉開距離。羅西的臉上露出奸笑。

「總算破壞你那從容的表情。真是太爽快了。」

奧利佛靜靜用左手背擦掉從鼻子裡流出的溫熱液體。如同預料，紅色液體留下一條長長的痕跡。那是被羅西的拳頭擊中後流出的鼻血。

「……唔……」

並非有哪裡搞錯。奧利佛接受了自己剛才「被毆打」的事實。

「沒想到會噴鼻血吧。每個魔法師都是這樣。不過——我反而覺得很不可思議。難得有一隻手裝上了像手甲這麼硬的東西，為什麼大家都不用來打人呢？我說的沒錯吧。既然拿來當盾牌太小，那把這邊也當成長矛就行了吧。」

「…………」

「我對基礎三流派最不滿的一點，就是打擊技太少了。魔法師是不是都太愛裝模作樣了？簡單來講就是要互相殘殺吧。這和普通人的打架，在本質上根本就沒什麼差別。既然如此，就應該要不擇手段吧。」

羅西肆無忌憚地說道。奧利佛擦掉嘴角的血回答：

「……Mr.羅西，感謝你。」

「啊？」

「我深刻體會到自己還不成熟。真的是完全不行——居然會被你這種程度的人打中。」

奧利佛這句用來自我警惕的話，讓羅西大為震怒。

「……你還真敢說呢。想再被我打嗎？」

面對羅西猙獰的表情，奧利佛舉起杖劍搖頭回答：

「這是不可能的——你接下來會在八招之內落敗。」

少年毫不猶豫地如此斷言。這讓羅西露出可怕的笑容。

「你還真會吹牛——好久沒這麼生氣了！」

不允許對方繼續說下去。羅西像是想表達這個意思，第三次砍向奧利佛。這次的攻勢比之前還要激烈，他不斷無視魔法劍的常理，從四面八方朝少年發動猛烈的連擊。少年穩穩接下這些攻擊，冷靜尋找反擊的機會——

「就是現在！」

羅西再次瞄準奧利佛準備反擊的瞬間，伸出左手。用手甲揮出拳擊——這是他最擅長的違背常理的祕招。羅西就像在說這次絕對別想逃般，在壓制斬擊的同時伸出右手的杖劍——

「——咦？」

就在羅西確信分出勝負的瞬間，他的左手已經被奧利佛的雙手纏住。

「你說過基礎三流派極度缺乏打擊技吧。Mr.羅西，這就是理由。」

「……呃……！」

羅西的肩膀被緊緊固定住——在他揮出拳頭的瞬間，奧利佛看準時機立刻纏住他的手臂，繞到對手的左側。一旦變成這種姿勢，無論羅西再怎麼揮舞右手的杖劍，都不可能擊中奧利佛。羅西的表情因為痛苦和焦急而扭曲。

「打擊技的距離，同時也是投技和關節技的距離。換句話說——在你擅長的極接近戰，抓住對手會比毆打對手更加有效。打擊本身無法成為決定性的一擊，如果對手有挨打的覺悟，甚至無法擾亂對方的視線。就像是在拜託對方抓住自己毫無防備地伸出去的手一樣。」

奧利佛將力道控制在只差一點就能破壞關節的程度，繼續說道。宛如在指導學生近身戰的攻防策略。

「能將自創的流派提升到這個境界，證明你的戰鬥直覺非常靈敏。所以我也被擊中了一下。不過——各流派累積的歷史可沒膚淺到這樣就會被顛覆。」

「呃——啊啊！」

伴隨著一道低沉的聲響，羅西的肩膀脫臼了。是他自己主動這麼做。無論是身體被破壞的疼痛或恐懼，都無法澆熄魔法師的鬥志。犧牲一隻手掙脫關節技後，羅西重新轉向奧利佛。

「別囂張地對我說教！我們還沒分出勝負——！」

「這次就結束了。」

奧利佛以堅如磐石的架勢面對以凌厲的氣勢砍向自己的敵人——他一點都不害怕。敵人的姿勢因為勉強掙脫而變得不穩定，呼吸因為脫臼的痛苦而凌亂。奧利佛認定自己沒理由會輸給現在的圖利奧．羅西。

決定勝負的一回合。敵人瞄準脖子刺出一擊，奧利佛毫不猶豫「用左手背」擋開。偏離軌道的劍尖直接落空，讓羅西的身體門戶大開——這才是手甲的正統使用方式。預測對手的下一擊，看準時機從側面撥開刀刃將其化解，同時製造出決定性的破綻。這是基礎三流派共通的高等技巧——「格擋（parrying）」。

羅西因為驚訝而睜大的眼睛裡，映照出對手砍向自己手臂的決勝一擊。他完全無法抵抗。這是只要成功施展，就沒有任何抵抗餘地的招式。

「——Mr.羅西，正好八招。」

輸家的杖劍與鮮血一同從手中落下。羅西依序看向從被深深砍傷的上臂流出的血，以及掉落在地上的武器，他沉默良久後，終於無力地低喃：

「……你這傢伙果然讓人很火大……」

幾分鐘後，即使不用奧利佛幫忙，羅西還是一下就治療好傷口。

「拿去，這是我的徽章。」

羅西冷淡地說道，同時從懷裡掏出徽章丟了出去。在接住徽章後開始檢視的奧利佛面前，羅西沮喪地用力嘆了口氣。

「唉～真是個不好的開始。不僅輸給最不想輸的對手，還被對方說教。」

「……不好意思，我有點講得太囂張了。」

確認徽章是真貨後，奧利佛輕聲道歉。羅西不悅地回答：

「這時候像個好孩子一樣道歉這點也讓我很不爽……算了啦，解散吧。再見。」

羅西揮了揮手準備離開，奧利佛猶豫了一會兒後，對著他的背影說道：

「Mr.羅西——雖然我剛才跟你交手時也有說過，但你的戰鬥直覺是你特有的才能。視磨練方式而定，應該能夠成為強力的武器，不過如果你繼續維持現狀，遲早會遇到瓶頸。」

「…………」

「趁還能夠修正時，還是從頭學習基礎三流派的其中一個比較好。等打好基礎後，再塑造自己的劍術風格也不遲……你可能會比較適合對直覺要求較高的庫茲流——」

「你從剛才開始到底都在搞什麼啊！」

羅西受不了似的轉身，用充滿困惑的眼神凝視奧利佛。

「不要一直對輸家喋喋不休啦！我已經把徽章給你了吧！你到底還想要我怎樣！」

奧利佛聞言，便用力咬了一下嘴唇……他自己也很清楚贏家不該對輸家長篇大論。不過——即使明白這點，他還是忍不住開口：

「我知道自己是在多管閒事。我只是覺得浪費……不對，我是覺得很羨慕，羨慕你那突出的才能。」

「……啊？」

「剛才的戰鬥，我只是在實踐從師傅那裡學到的技巧，當中完全沒包含我個人的才能……我不管做什麼事情都是這樣，沒有任何專屬於自己的東西，我所擁有的一切不是借來的，就是單純寄放在我這裡。」

奧利佛低頭凝視自己的手掌，以苦澀的表情說道……這隻手可以靈巧地做到許多事情，無論是施展豐富的劍技，還是視情況使出各種咒語，相對地——少年從來沒有體驗過超越師傅的感覺。

「所以——我希望你能珍惜自己的才能……就只是這樣而已。對不起，對你說了那麼多不自量力的話。」

羅西皺起眉頭，緊盯著因為覺得難為情而垂下視線的少年。

「意思是好孩子也有好孩子的煩惱嗎？……我才不管你有什麼煩惱哩。」

丟下這句話後，羅西這次真的離開了。直到羅西的背影消失在迷宮的轉角後，奧利佛才總算鬆了口氣——此時，「他的正後方突然傳來一道聲音」。

「——吾主，您實在太厲害了。」

「……咦？」

奧利佛立刻往前跳，同時轉頭看向背後。在他的視線前方，一個嬌小女子像是憑空出現般跪在那裡。

「我有幸觀賞到剛才的決鬥。您徹底讓對手見識到實力的差距。我由衷感到敬佩。」

「……是妳啊，Ms.卡斯騰。」

奧利佛在認出對方後鬆了口氣——站在那裡的，是在打倒達瑞斯．格倫維爾的那個晚上，在大哥的介紹下才初次見面的少女。

她的名字是泰蕾莎．卡斯騰。這個在迷宮出生長大的嬌小魔女，是個非比尋常的隱形高手。

「雖然妳這麼說讓我很高興，但這並非一場值得欽佩的勝利。我一開始也被擊中了一次……讓我痛切感到自己還不夠成熟。」

既然對手從頭到尾都看在眼裡，奧利佛也不想再裝模作樣，坦率說出心裡的想法，但泰蕾莎乾脆地搖頭。

「對手本來應該連您的影子都碰不到。『如果是那天晚上的您』。」

說完後，少女瞬間鑽進奧利佛懷裡。別說是腳步聲了，就連氣流的變化都感覺不到。

「我十分仰慕您出鞘後的身影。名為溫柔的劍鞘，有時會讓您的光輝蒙上一層陰霾。」

「——唔。」

一對眼睛從正下方仰望奧利佛，讓他忍不住將上半身往後仰。泰蕾莎用嬌小的雙手緊緊握住奧利佛的右手。

「如果斬殺我就能夠消除那道陰霾，還請您儘管動手。吾主，若能成為您的磨刀石，那正合我意。」

少女將握住的右手移向杖劍的劍柄。奧利佛凝視著對方的眼睛——

「……Ms.卡斯騰，妳的臉很紅喔。」

然後突襲般的說道。泰蕾莎瞬間驚訝地僵住，然後立刻用雙手按住臉頰。

「我從第一次見到妳時就在想——這不是妳平常的說話方式吧。雖然能被妳恭敬地對待是我的榮幸，但妳有點繃得太緊了。稍微放鬆一點吧。」

奧利佛接著說道……他很清楚自己站在率領許多人的立場，但沒打算讓同志表現得像個狂熱的信徒。尤其對方還是個比自己年幼的孩子。因此，他想趁這個機會說清楚——「自己沒有這種興趣」。

「人——人家才沒有。不對，我並沒有繃太緊。」

因為沒想到主人會是這種反應，少女的語氣突然開始劇烈動搖。奧利佛見狀，便深切地想著——這樣就好。他不希望這個女孩被當成復仇者的部下成長。即使這是個無可救藥的矛盾願望。

「我不會輕易將妳當成棄子。無論是作為磨刀石，還是作為部下。只有這點妳要好好記住。」

「……失、失禮了！」

泰蕾莎像是無法承受動搖般跑開，她的背影一下就消失在迷宮的黑暗當中。在恢復靜寂的迷宮當中，奧利佛反省自己的舉止——自己是否有表現得像個長輩呢？

另一方面，羅西在與奧利佛分開後，就直接獨自前往校舍。他仍對落敗的事情耿耿於懷。

「……可惡。啊～氣死我了。」

羅西忍不住開口抱怨……如果只是打輸，他還能夠忍受，但他現在心裡充滿了與戰敗的屈辱不同的苦澀。

「那傢伙居然擅自大放厥辭……要我從頭學習基礎三流派？別講得這麼簡單啦。他以為自己是誰啊。」

羅西板起臉咒罵——打從第一次在魔法劍課上看見奧利佛．霍恩的劍技，他就覺得很不爽。無論是重視流派的態度，還是正統的劍術風格，都與羅西完全相反。更重要的是——從對方的用劍方式，能看出經歷了數不盡的苦練。

「……到底要怎麼練習，才能練出那麼像教科書的劍技啊。」

羅西背後竄起一陣寒意——儘管參考了許多流派的技術，但不管看在誰的眼裡，都會認定他的劍術是自成一派。瞄準下半身和活用拳擊的偏門招式，簡單來講就是專門用來突襲「守規矩的對手」。所以在面對年齡相近的對手時，通常不會第一次就被看破。

即使如此，奧利佛．霍恩還是辦到了。事後回想起來，羅西從頭到尾就只有打到對手的臉一拳，關鍵的斬擊全被擋下，連一次都沒碰到對手的身體。他所有的攻擊，都被「像教科書那樣極為正統的技術」給防住了。

「……真是太瘋狂了。」

羅西低聲說出坦率的感想——那本來不是十五歲的人能夠踏入的領域。如果能用才能或天賦來說明倒還好，但實際交手過後，羅西明白奧利佛·霍恩不是那種類型的人。

所以唯一的解釋，就是他為了提前抵達十年或二十年後的境界，接受了密度極高的訓練，而且那訓練的嚴苛程度——恐怕只能用拷問來形容。

——我希望你能珍惜自己的才能。

「…………」

羅西知道自己的對手曾走過漫長的荊棘之路——所以那句話才會傳到羅西的心裡，讓他無法否定那句話的重量。

羅西的步伐愈來愈小，最後終於停下腳步。他搔著後腦杓，用力嘆了口氣。

「……唉，真沒辦法。去拜託嘉蘭德老師吧。雖然認真學習不符合我的個性——但我更討厭一直輸。」

重新面對自己過去輕視的事物。這條如果是昨天的自己絕對不會選擇的道路，讓羅西忍不住露出苦笑……這也是無可奈何。畢竟在看過那樣的劍技後，他也只能屈服。

「——喔，你輸啦。」

就在羅西開始面對造訪自己的轉機時，他突然聽見背後傳來一道冰冷的聲音。

「一看就知道是輸家的背影。你襲擊不成，然後被誰打敗了？」

這個超越揶揄和諷刺、實在太過明顯的嘲笑，讓羅西的表情瞬間變得險峻。即使不用回頭，他也已經知道對方是誰。

「……居然偏偏是你。」

在回答的同時，羅西內心的某處也接受了這個現實……在挑戰某人後因為實力不足而敗北，然後毫髮無傷地回去反省。在金伯利怎麼可能會有這種平穩的結局。

「為了避免白費力氣，我還是先問一下好了。你應該還有剩下可以給我的徽章吧？」

這個問題裡充滿掠食者的傲慢。羅西吐了口氣做好覺悟，將手伸向腰間的杖劍。

「你講得還真輕鬆——我可不是貨幣兌換商啊！」

他在大喊的同時拔劍，轉身面對敵人。在他的視線前方——一個魔法師悠然地站在那裡，即使羅西已經進入備戰狀態，對方還是連手都沒伸向杖劍。

「……唔。」

在視線對上的瞬間，羅西的額頭就滲出討厭的汗水……而對手只是從容站在那裡。即使如此，那銳利的氣息實在不像個一年級生。羅西很久以前曾看過在魔法界最前線戰鬥的異端討滅官——眼前的這個人擁有與他們共通的氣息。

「的確不是。我不會拿東西和你兌換。

你只會——單方面被我掠奪。」

伴隨著這個傲慢的宣告，魔法師從腰間拔出杖劍。羅西立刻做出反應衝了過去——他就這樣投入今晚的第二場敗仗。

決鬥結束後，奧利佛順利脫離迷宮，在過了凌晨兩點後回到宿舍房間。

「……我回來了。」

他小聲說著，並在進房時放輕腳步以免吵醒室友。調弱過的燈光只能稍微驅散黑暗，就在奧利佛準備拆下插著杖劍的腰帶時——他察覺床上的朋友顯得不太對勁。

「……呼……呼……」

「……？」

皮特側睡在床上，背部配合呼吸微微顫抖。

「……呼……呼、呼、呼……！」

他的呼吸愈來愈凌亂，顯得非常痛苦。奧利佛判斷這不是個好跡象，快步走向少年。

「皮特，你沒事吧？」

「……啊……？」

奧利佛輕拍皮特的肩膀。只見少年朦朧地睜開眼睛，眼神一片迷茫，奧利佛見狀輕輕將手放在他的額頭上。

「有發燒……而且魔力的循環十分紊亂。」

「……好不舒服……好想吐……快不能呼吸了……」

「放心吧，馬上就會好轉。我要脫掉你的上衣囉。」

奧利佛協助皮特抬起上半身，解開睡衣的鈕釦。稍微隆起的胸部，顯示他的身體現在是女性。

「……？……喂，你幹什麼……」

皮特困惑地問道。奧利佛脫掉皮特的上衣後，做了個深呼吸，開始操縱體內的魔力流動。等做好準備後，他輕輕將右手掌貼在皮特裸露的背上。

「……啊……」

皮特立刻感覺到有一股暖意從那裡流進身體。奧利佛搓著他的背，開始說明。

「這叫『治療（healing）』。從我的手放出魔力，藉此調整你體內的魔力流動。但這只是對症療法。」

這是所有魔法師都知道的一種最原始的魔法治療。在奧利佛的推動下，皮特體內停滯的魔力又開始流動，原本呼吸困難的他，症狀也跟著逐漸舒緩。

「……感覺，舒服很多了……」

「這很正常——就像你的前輩們說的那樣，你的身體還不習慣運用女性身體的魔力。只要性別

改變，魔力的流動也會跟著產生變化。由於路徑跟以前大不相同，所以在體內流動的魔力會找不到正確的方向，導致魔力的分布出現『不均』，影響身體狀況。」

奧利佛藉由這些說明，讓皮特了解自己的身體發生了什麼事。不只是治療——這種配合處理進行說明的方式，最能讓當事人安心。

「像這種時候，最好的作法就是從外部進行調整。引導魔力的流動，讓過剩部位的魔力流到其他地方，就像現在這樣。」

「……嗯……！」

一股比剛才更加強烈的刺激在體內遊走，讓皮特的身體用力顫抖了一下。奧利佛將手放在他的肩膀上，用溫和的聲音說道：

「皮特，放鬆。沒事的，你完全不需要擔心。」

包含在聲音裡的體貼，以及從手掌傳來的溫暖。這兩者都在勸說皮特可以信賴對方。少年完全無法產生拒絕的心情——他放鬆身體，任憑奧利佛處置。

「…………事嗎？」

「嗯？」

「你很習慣做這種事嗎？你的動作完全沒有迷惘，而且感覺……技術很好。」

接受治療的皮特說出自己的感想。面對這個問題，奧利佛沉默了一會兒才點頭回答：

「……沒錯，我有這方面的經驗。雖然你算是比較稀有的案例，但魔力循環紊亂對魔法師來說並不是什麼罕見的事情。例如生病的時候，或是開始出現性徵的時期。還有……」
奧利佛繼續進行治療，同時在腦中鮮明地回想起過去的記憶——沒錯，他當時的技術比現在還要拙劣。完全沒有任何餘裕，只能拚盡全力去做。他幾乎每天晚上都要面對她的後背，拚命忍住只要稍微鬆懈就會湧出的淚水。

——啊，好舒服……謝謝你，諾爾。

她總是微笑地這麼說道，彷彿要將少年僵硬的指尖、不成熟的精神和所有的一切都緊緊抱住。
「……懷孕的時候也會。」
少年說完後就陷入沉默，靜靜地繼續治療。皮特將自己託付給這份舒適的感覺——等痛苦減緩並恢復理智後，他才突然察覺現狀並感到莫名慌張。自己的身體現在是女性，而且還赤裸著上半身讓奧利佛把手貼在上面。
「……喂、喂……還沒好嗎？」
「嗯——？啊，不好意思，我太集中精神了。」
感覺怎麼樣？魔力的循環應該穩定多了吧。」
奧利佛乾脆地停止治療如此問道。皮特鬆了口氣，開始檢視自己的身體狀況。
「……舒服到剛才那些都像假的一樣。不僅不會想吐，呼吸也變順暢了。」

「那太好了。不過——就像我剛才說的那樣，『治療』只是對症療法。在你的身體習慣運用女性身體的魔力前，應該會一直反覆發生同樣的狀況。」

皮特穿上睡衣，點頭回應朋友的忠告：

「……根據前輩們的說法，最快兩個月，最慢要花一年才能適應。」

「雖然無法在短期之內改善，但遲早會結束。就當作是類似成長痛的東西吧。我是你的室友，這種時候就放心交給我吧。」

奧利佛像是要讓對方放心般如此說道，同時將手放在皮特頭上，溫柔地撫摸他灰色的頭髮。就在皮特開始覺得舒服時，他猛然回過神抓住奧利佛的手。

「……不要隨便摸別人的頭。」

「啊，對不起。順勢就摸了。」

「……明、明天還要早起，快去睡吧。」

說完後，皮特就逃也似的鑽進被窩。奧利佛也轉身回到自己的床鋪，但此時皮特從毛毯裡輕聲低喃道：

「…………還有…………謝謝你。」

對無法看著對方傳達心意的少年來說，這已經是他的全力了。奧利佛確實收下朋友笨拙的感謝，微笑地回答：

「——嗯。晚安，皮特。」

隔天的午休時間。皮特下定決心要執行從受惠特羅之邀參加聚會以來，就一直在考慮的事情。

「——兩極往來？騙人，那不是很厲害嗎？」

卡蒂在聽完說明後驚訝地大喊。六人占據了一間位於校舍角落的空教室，在嚴密的隔音結界守護下，皮特向同伴們揭露自己的體質。

「雖然我有察覺是這方面的問題，但居然是兩極往來……又是一個相當稀有的體質呢。恭喜啊，皮特。我衷心祝福你。」

雪拉握著對方的手說道。在聽完皮特的告白後，她和卡蒂的反應都與奧利佛一樣。皮特察覺這是一種魔法師特有的感性，同時坦率說出內心的困惑。

「我目前只覺得這樣的身體很麻煩，完全不曉得有什麼好祝賀的……像這種體質，具體來講到底該怎麼活用啊？」

他下定決心找同伴商量。雪拉雙手抱胸沉思。

「雖然這種體質有許多好處……不過，我就先告訴你一個在使用女性身體時，最方便又最實用的招式吧。皮特，過來這裡。」

皮特按照吩咐，戰戰兢兢地走了過來。雪拉在他面前彎腰，指向他的下腹部——一個比皮帶還要稍微下面一點，有點尷尬的部位。

「？喂，妳在摸哪裡……！」

「不用覺得害羞，聽我說吧——你的身體變成女性後，多了一個器官。你知道是什麼嗎？」

雪拉對慌張的皮特提出一個問題，他這時候才恍然大悟，戰戰兢兢地看向自己的下腹部。

「沒錯，就是子宮。不用說也知道，那裡就是孕育小孩的地方——但從別的觀點來看，這個器官具備的意義可是大到讓它被稱作魔女的『第二個心臟』。這是因為——子宮是體內少數能夠儲存魔力的地方。」

「……儲存魔力的地方……」

「沒錯。事先儲存在這裡的魔力，可以當成是魔力枯竭時——也就是緊急狀況時的儲備。只要陷入缺乏魔力的狀態，這裡的蓋子就會自動打開供給體內魔力……但視訓練而定，也能夠自己主動開關那個蓋子。」

雪拉在說明的同時，用力以指尖按壓對方的下腹部。

「我現在就讓你親自體驗——小心會有衝擊喔。」

雪拉提醒皮特做好心理準備後，就在自己體內提煉魔力，透過右手傳給皮特。少年的心臟猛然跳動了一下，受到突然注入的大量魔力的刺激，子宮立刻產生反應。

「呃——？」

接著一股炙熱的奔流以下腹部為起點，在皮特的全身循環，少年不是透過理性理解，而是直接「感受」到。

「這——這是怎麼回事！身體充滿力量……！」

「這感覺很新鮮吧。透過釋放儲備的魔力，來暫時強化體內的魔力循環。這樣輸出的魔力就會增加好幾成，魔法的威力也會明顯提升。」

縱捲髮少女繼續說明。花了約三十秒讓對方記住這種感覺後，她再次將手貼在少年的下腹部上注入魔力。皮特感覺原本充滿全身的力量瞬間消退。這次他立刻就明白是子宮停止開放儲備的魔力。

「我重新蓋上了蓋子。在還不習慣這個體質的時期，這種作法對你的身體負擔太大了。不過——怎麼樣，實際體驗過後，就會發現女性的身體也很不錯吧？」

雪拉得意地說道。察覺她的說明已經告一段落，奧利佛跟著補充道：

「子宮儲藏魔力的能力十分優異，甚至還成為魔法界流傳已久的女性優勢論的根據之一。雖然男性的精巢也不是沒有相同的功能，但仍遠遠不及子宮。」

凱一聽見這句話，就帶著複雜的表情看向自己的下半身。奧利佛因此露出苦笑後，又補充了一個資訊。

「不過——男性的情況，是全身有許多地方都具備相同的功能。如果把這點也考慮進去，男女的總魔力保有量和輸出量，在統計上其實沒有差異。因此近年的研究結論，是無法一概以性別決定魔法師的優劣。」

奧利佛補充的正確資訊，讓雪拉滿意地點頭。奈奈緒呻吟著將手伸向用裙子改造而成的褲裙。

「原來如此，子宮啊……在下也是女性，所以也能做到一樣的事情嗎？」

「奈奈緒，不要把褲裙捲起來！……別說能不能做到了，妳運用魔力的方式早就超越了這個境界。包含子宮在內，妳早就已經將儲存在全身的魔力完美地運用自如。所以才會被稱作『無垢純白』。」

奧利佛指示少女放下褲裙，同時如此說道。卡蒂則是緊盯著眼鏡少年。

「……先不管那些困難的事情。皮特的身體現在是女孩子吧？」

少女的眼神散發奇妙的光芒。一股難以言喻的壓力讓皮特忍不住往後仰。

「妳、妳幹嘛笑得這麼詭異……」

少年像是想逃離那道視線般節節後退，但卡蒂笑著不斷逼近。

「皮特，你對裙子有興趣嗎？」

「啊？」

「我第一次看見你時，就覺得身材嬌小又纖細的你應該很適合穿可愛的衣服……因為你原本是男孩子，所以我只好放棄，但變成女孩子後狀況就不同了吧？這樣算是獲得了正當理由？就算穿輕飄飄的衣服也不用覺得難為情吧？」

「怎、怎麼可能啊！」

皮特立刻臉色大變，躲到奧利佛背後。雪拉見狀，也跟著抱胸沉思。

「雖然這當然要看本人的意思……但實際上積極地享受這種體質也是一種方法。跟你擁有相同體質的『大賢者』羅德．法夸爾，也以擁有許多男女情人聞名。聽說普通人的社會是以異性戀為主，但魔法界在這方面非常多樣化。完全不需要覺得難為情或感到忌諱喔？」

「什——」

這個出乎意料的意見讓少年頓時慌了手腳，看不下去的凱趕緊插話：

「這個話題就到此為止吧，當事人都快被你們搞到爆炸了……而且一直在講什麼子宮和精巢，感覺不是很那個嗎……」

「啊，凱害羞了！好色喔！」

「囉唆！妳也給我害羞一點啦！」

凱對嘲笑自己的卡蒂吼完後，兩人又開始吵了起來。因為大家都已經習慣這樣的發展，所以沒有人上前阻止，但此時外面突然傳來一道聲音。

「你們好像很開心哩。雖然完全聽不見你們在講什麼。」

雪拉的隔音咒語能夠防止室內的聲音傳到外面，但並不會阻擋從外面傳進來的聲音。所有人都停止對話，看向聲音的方向——奧利佛在認出那個記憶猶新的站姿後，驚訝地喊道：

「——Mr.羅西，你怎麼會在這裡？」

「啊～啊～不用那麼警戒我。我只是來抱怨一下。我已經不是你們的敵人了。」

或許是察覺氣氛變得緊張，羅西舉起雙手表示自己沒有戰鬥的意思。原本打算在解除隔音魔法後進入備戰狀態的雪拉，在看見對方投降後也放鬆肩膀的力氣。

「我昨天後來又輸了一次。雖然徽章還有剩，但我放棄了。察覺自己的極限後，我徹底失去了幹勁。簡單來講，就是我棄權了。」

「又輸了……？和我打完後，你又跟別人決鬥了嗎？」

「就是這樣……奧利佛，你要小心一點。最強決定戰已經進行了超過一半，剩下的都是些強者。即使如此，大部分的人依然不是你的對手──但當中也有真的很不妙的傢伙。」

羅西突然收起輕浮的態度，表情嚴肅地提出忠告。無法理解對方企圖的奧利佛，只能沉默不語。此時，羅西突然恢復笑容，看向東方少女。

「小奈奈緒，妳也一樣。要再讓我看見妳帥氣的一面喔。我可是妳的崇拜者呢。」

他在說話的同時，用雙手握住少女的手上下搖晃，之後就乾脆地轉身離開。

「那我走了。我打算趁午休時間去找嘉蘭德老師。再見啦，奧利佛。我會好好重新鍛鍊，有機會再來打一場吧。」

說完這些話後，羅西就揮著手離開了。等他的背影消失在走廊的轉角後，雪拉理解似的點頭。

「……原來如此，他昨晚被打敗啦。雖然我覺得Mr.羅西應該也是個狠角色──但真不愧是奧利佛呢。」

「不……他確實很強，而且擁有我沒有的東西。」

奧利佛回想著昨晚的那場戰鬥說道。對那場戰鬥很感興趣的雪拉向他打聽詳情，同時重新施展隔音魔法。

「啊——對了。我也有件事想跟大家商量。」

當話題告一段落時，卡蒂如此說道。她停頓了一下後，一臉嚴肅地提議：

「各位——你們想不想要一個專屬於我們的祕密基地？」

這個出乎意料的提案震撼了其他五人。凱無法理解少女的用意，困惑地問道：

「……真要說的話，當然是想要。但怎麼突然提這個？」

「不——我知道卡蒂想說什麼。是要討論共有工房的事情吧。」

察覺少女意圖的奧利佛插嘴說道。卡蒂點頭後，縱捲髮少女也跟著補充說明。

「如同字面上的意思，就是由幾名學生一起共有和經營工房。這在金伯利確實不是什麼稀奇事，但只有少數高年級生能在獲得學校承認的情況下，在校舍擁有工房。像我們這種還沒有任何實績的一年級生如果想要工房……」

正因為察覺捲髮少女想說什麼，雪拉顯得欲言又止。奧利佛代替她開口：

「……就只能在迷宮內建立非公認的工房。妳想說的就是這個吧？」

凱和皮特聽了都訝異地板起臉。卡蒂在兩人的注視下點頭回答：

「嗯，沒錯……但並不是從頭開始打造。我已經找到適合的地點。那裡的設備大致齊全，而且還是在迷宮的第一層。」

卡蒂別有深意似的說道。奧利佛在推測出背後的緣由後，用手托著下巴說道：

「原來如此……是密里根學姊的工房嗎？」

「什麼？」

凱忍不住突然大喊。捲髮少女緊接著繼續說道：

「包含我之前被帶去的地方在內，那個學姊在迷宮裡有好幾個據點。作為對之前那件事的賠禮，她打算把其中一個讓給我。因為那裡從一開始就是被當成工房使用，所以正好適合我們。我覺得這是個不錯的提議，不曉得大家意見如何？」

沒有人開口說話。當然這不是因為沒人反對，而是不曉得該從哪裡吐槽。經歷了約十幾秒的沉默，凱總算開口：

「妳──妳的腦袋還正常嗎？那可是密里根學姊用過的工房喔？應該不難想像原本是拿來幹什麼的吧？」

「因為很難確保實驗體的運送路線，所以她好像沒在那裡做過和亞人種有關的研究……坦白講，我也不曉得這個說法的可信度有多少。真要懷疑起來只會沒完沒了，之前預先檢查時，看起來也很乾淨。」

少女像是早就預料到會被這麼說般，乾脆地回答。凱原本還想繼續說下去，但馬上被她打斷。

「如果不依靠這種機會，我們絕對無法在一年級時就擁有工房……當然，我也知道只靠我一個人很難維持工房的運作，所以才想拜託大家。你們願意和我一起管理從密里根學姊那裡獲得的工房嗎？大家都可以自由使用！」

卡蒂拚命繼續勸說。奧利佛在這段期間一直盯著她看，然後表情嚴肅地開口：

「……在迷宮內建工房確實是金伯利學生的慣例，但通常要等到升上三年級以後，最快也是二年級的後半學期。」

「在一年級的階段，比起擁有工房的好處，潛入迷宮的風險要更大。如果連自己都無法保護好，那其他都是白搭。卡蒂，妳應該也明白這點吧？」

雪拉規勸似的補充。捲髮少女突然垂下視線。

「一年平均八百二十隻……你們知道這是什麼數字嗎？」

其他五人都不曉得這個突然提出的數字代表什麼意義，卡蒂接著說道：

「是這間學校消耗的亞人種數量。雖然用途非常多樣，可能是被當成研究材料，也可能是被用在娛樂上面，但官方公布的數據就只有這些。如果連沒被列入統計的部分也算進去，應該還要更多。若連亞人種以外的魔法生物也算進去──根本就無法想像數字會升到多高。」

這個初次耳聞的數字讓奧利佛倒抽了一口氣。捲髮少女嘴角扭曲地說道：

「如果這一切都是必要的犧牲，那還算好。但實際上完全不是這樣。這裡的學生和教師對待魔法生物非常隨便，經常做出不必要的殺生。他們根本就不尊重人類以外的生命。」

打從入學以來到現在，類似的經驗早已多到讓她覺得厭煩了。卡蒂猛然抬起視線。

「我想改變這個風潮，但不論我一個人再怎麼吶喊，都無法改變任何事情。所以──我想先成為一個有名的研究者。我想專攻的學科是異種間傳播學。並非單方面將牠們當成資源消費，而是摸索能夠永續與多樣種族建立雙方面關係的方法。」

雪拉在聽見少女的目標後，雙手抱胸稍微思索了一下。

「異種間傳播學嗎……說來慚愧，我以前都不知道還有這個領域。」

「我想也是。畢竟這根本就不是主流。即使我找遍了所有能夠利用的圖書室，最後也只找到三本和這個領域有關的書。就算改找過去的學生論文……應該也會是差不多的結果。」

卡蒂不抱期待地說完後，露出寂寞的笑容，但她的下一句話馬上就恢復活力。

「可是反過來講，這算是還沒有人探索過的礦脈吧？只要認真挖掘，一定會有新的發現……所以，我想盡快累積這方面的經驗。用與那種魔法生物學課不同的方式，透過與生物交流來累積自己的學識……！」

少女強而有力的語氣，讓奧利佛能夠窺見她懷抱的熱情有多麼強烈。卡蒂．奧托在此宣言，要從和凡妮莎．奧迪斯教的魔法生物學完全不同的方向，找出屬於自己的道路。

「講得更白一點，就是我想要一個能夠照自己的方式飼養魔法生物的場所。為了這個目的，我想使用密里根學姊讓給我的工房。但我一個人沒辦法管理那裡，所以才想找大家幫忙。這樣講好像有點太直接了……」

卡蒂愈講愈無力。正因為是如此崇高的理想，她才會時刻為自己能力不足這件事所苦。

「對不起，講了一堆任性的話……坦白講，會被拒絕也很正常。畢竟我根本就不知道大家現在想不想要工房。所以要是你們不願意，請乾脆地拒絕我。到時候我會再想別的辦法——」

「在下要加入。」

奈奈緒沒等卡蒂說完就直接點頭。面對其他五人驚訝的視線，她毫不猶豫地繼續說道：

「雖然不太清楚工房是什麼，但簡單來講，就是卡蒂打算在迷宮裡建立屬於自己的城池吧？既然如此，守護那座城池就是在下這個武人的職責。『城主大人』，請務必將在下納入妳的旗下。」

奈奈緒站到卡蒂面前，用力握住她的手說道，就像是在鼓勵她一樣。

「卡蒂，妳要對自己有信心。妳的眼裡充滿意志的光輝。打從巨魔那件事情以來，那道光輝就變得愈來愈強烈。在下也想親眼見識——那道光輝在未來照亮黑暗的樣子。光是這個理由，就足以讓在下奉陪了。」

「……奈奈緒～～」

卡蒂感動得淚眼盈眶，緊緊抱住奈奈緒。凱見狀也跟著苦笑。

「……既然如此，那就沒辦法了。我也加入吧。反正又不是第一次被卡蒂耍得團團轉了。而且……說我不想要一個自己的花壇也是騙人的。」

「——凱！」

高個子少年露齒一笑。在默默思索了一會兒後，雪拉和奧利佛交換了一個眼神，輪流開口：

「……我知道了，我也加入吧。無論形式如何，在金伯利只有意志堅定的人才是強者。既然朋友想要向前邁進——那在一旁支持也是身為好友的責任。」

「……在奈奈緒加入時，我就知道結果會變成這樣了。不過——有句話我必須先說在前頭。大家的安全才是第一優先。如果可以接受在情況危急時，必須考慮放棄工房，那我也願意奉陪。卡蒂，這樣可以嗎？」

連續對奧利佛點了幾下頭後，卡蒂瞄向剩下的那個朋友。

「……皮特，你不想加入嗎……？」

少女凝視皮特的視線，同時包含了期待與覺悟。在沉默了幾秒後，他用力嘆了口氣。

「……妳明明已經說服了其他人，這樣還需要問我嗎？我現在可是連自己的身體都照顧不好。既然奧利佛和雪拉都答應了，那我也只能奉陪。」

皮特不悅地移開視線後，卡蒂就瞄準他的身體抱了上去。

「……謝謝你！我最喜歡大家了……！」

「唔哇……！喂、喂，不要抱我！」

皮特奮力掙脫卡蒂後，少女以奇妙的表情說道：

「……皮特，你的胸部還滿有料的，最好戴一下胸罩喔。」

「多管閒事！」

少年用雙手抱住胸部，再次躲到奧利佛背後。雪拉愉快地觀看同伴的互動，然後像是突然想起什麼般說道：

「話說回來，卡蒂，我都沒發現妳已經在思考那麼久以後的事情。先成為有名的研究者再著手進行改革，沒想到妳居然擬定了這麼遠大的計畫。我還以為妳打算參加校內的人權派運動。」

「呃，校內的人權派啊……嗯，我有去觀察過他們……但與其說是我的同伴，和我還是有點……不對，應該說是很不一樣……」

少女回想起自己見到的那些人，乾笑著說道：

「……感覺就像是許多不同類型的密里根學姊聚在一起。這樣講能夠理解嗎？」

聽了這句話後，就沒有人再詢問進一步的詳情。奧利佛吸了口氣後，重新整理狀況。

「既然已經有結論，還是早點行動比較好。首先是所有人一起去接收工房——時間就先訂在後天晚上怎麼樣？」

其他五人都用點頭表示沒有異議，他們的冒險行程就這樣確定下來了。

午休結束後，就輪到下午的課程，學生們都聚集到教室上鍊金術課。他們在作業臺上備好教材待命，但大部分的人心裡都在擔心同一件事。

「……達瑞斯老師今天果然也沒來呢。」

凱低聲說完後，周圍的同伴們都露出凝重的表情。沒錯——鍊金術教師達瑞斯．格倫維爾，已經好久沒有出現在學生們的面前。

「……聽說他在迷宮裡失蹤了，不曉得是不是真的。」

「……誰知道呢。如果是學生也就算了，老師應該不太可能發生那種事……奧利佛，你怎麼認為？」

雪拉不經意地詢問奧利佛的意見，少年在替內心披上重重偽裝後，才回答這個問題。

「……我聽說就連教師都無法完全掌握迷宮的最深處。如果接連發生出乎意料的狀況，就算是老師也難保不會栽觔斗吧。但這只是其中一個可能性。」

為了避免被察覺不對勁，他努力像平常那樣平淡地發表意見。拜此之賜，沒有人對他的發言起疑心，此時眼鏡少年也加入對話。

「我還聽說了許多可疑的傳聞。例如教師之間的內鬥，或是被怨恨金伯利的魔法師幹掉。」

「皮特，這種話還是少說為妙。」

縱捲髮少女規勸朋友謹慎發言。雖然在像金伯利這樣的地方，類似的可能性要多少有多少，但隨便打探這些事情只會害自己短命。

「嗯～實際上到底是怎麼樣呢？」

「頭頂上」突然傳來聲音。學生們驚訝地往上看，發現有個男子倒立站在天花板，而且他還留著和雪拉一樣的金色縱捲髮。

「——父親？」

「叔叔！」

兩人同時大喊出聲。其中一人是雪拉，另一人是離這裡有段距離的康沃利斯。被叫的男子轉了半圈降落地面，然後立刻緊緊抱住眼前的少女。

「沒錯，爸爸來嘍！好久不見了，雪拉。才一陣子不見，妳又變漂亮了！」

雪拉接受男子熱烈的擁抱，但不到五秒就推開對方。

「請你好好區分公私場合！你之前到底都跑去哪裡了？」

「我去了很多地方。這陣子實在太忙，對不起讓妳感到寂寞了。」

「比起我，你更應該先向另一個人道歉吧！」

雪拉嚴厲地指責完後，用視線指示身旁的朋友——來自東方的少女。男子見狀，就整理了一下衣領轉向少女。

「嗯，說得也是——我們有半年沒見了吧。奈奈緒，在這裡過得開心嗎？」

「這都是託您的福。麥法蘭大人，您看起來也很健康，真是太好了。」

奈奈緒笑著與男子親密對話。這讓奧利佛想起少女之前提到的，從遙遠的東方來到這間學校的原委，以及在日之國的戰場上找到奈奈緒．響谷的魔法師。

「真是令人難以置信……！把人家從遙遠的東方帶來這裡，然後只教會語言就丟下不管！你知道奈奈緒從入學到現在吃了多少苦嗎？」

「雖然我也有點在意，但反正還有妳在，應該不會有什麼問題。」

「哪有父親會把責任都推給女兒啊！你這個人總是這樣……！」

雪拉激動地開始說教。男子熟練地安撫女兒，凝視著奈奈緒說道：

「奈奈緒，妳的表情變得很棒呢。看來除了我女兒以外，妳還認識了其他不錯的人——就是你們嗎？」

男子看向一旁的奧利佛等人，他們各自做完自我介紹後，男子瞄了講臺一眼。

「我本來想再跟你們多聊一點，但我今天姑且是來上課的。改天再找機會聊吧——啊，Ms.康沃利斯，很高興看見妳過得不錯。」

男子跟另一個盯著自己看的少女打完招呼後，就悠哉地走向講臺。一走上講臺，他就掃了所有學生一眼並開口說道：

「那麼，我先自我介紹一下。我叫西奧多．麥法蘭。是金伯利的約聘教師。我並沒有特別負責哪個科目，通常是像這樣填補其他老師的空缺。請大家多多指教。」

西奧多爽朗地打招呼。其中一個學生開口問道：

「請問！這表示麥法蘭老師接下來會變成我們的鍊金術老師嗎？」

「不，我只負責代上幾堂課。雖說是教師，但我的工作大部分都是在校外，沒辦法一直待在金伯利。」

「那之後又會換回格倫維爾老師嗎？」

縱捲髮教師一聽見這個名字，就輕輕嘆了口氣。

「前提是達瑞斯活著回來。不過——我們恐怕再也見不到他了。」

學生們聞言都倒抽了一口氣。這段話背後的意思——其實就是叫達瑞斯．格倫維爾的魔法師已經死了。

「話先說在前頭，魔法師失去音訊並不是什麼稀奇事。不過——只要在這個世界待得夠久，就大概能夠知道『這是再也回不來的狀況』。我並非預言家，所以這只是我個人的直覺。」

奧利佛一聽見這句話，就打了個寒顫——冷靜點。不可能這麼快就被抓到把柄。他努力說服自己沒有犯下那樣的失誤。

「話雖如此，校長應該已經在安排頂替他的人才。雖然我很同情達瑞斯的弟子和想當他弟子的人，但我跟各位保證之後來的老師一定也會是個厲害的鍊金術師。在那個人來之前，就先委屈一點上我的課吧。」

像這樣說明完後，西奧多就沒再提達瑞斯的事情，開始轉移到下一個話題。奧利佛忍不住鬆了口氣，但還是嚴格警惕自己——不要鬆懈，絕對不能對這個男人掉以輕心。

「那麼，開始上課吧。呃～今天的課題是……『大笑菇的解毒藥』？嗯～」

西奧多表情微妙地翻著教科書，就這樣思索了幾秒。

「照正常方式製作實在太無聊了。好——就這麼辦吧。你們調好藥後，就輪流拿來給我喝。」

這個出乎意料的提案讓學生們嚇了一跳，但西奧多本人完全不在意他們的反應。

「我喝完後會直接幫你們打分數。當然也會附加詳細的評論。各位，桌上的道具都沒有少吧？——那麼，開始製作！」

西奧多拍了一下手後，宣告可以開始了。男子看著急忙準備製作的學生，繼續說道：

「這個藥做起來並不困難，大家可以邊聽我說話邊做喔？我告訴你們，我這次旅行真的遇到了不少事。啊，有人看過我寫的《東方探訪錄》嗎？」

西奧多一這麼問，坐在教室角落的金髮少女就立刻舉手。

「我，我已經看到第十二集——」

「我整套都看過了！」

但她的聲音立刻被幾乎同時舉手的皮特蓋過。教師無視一臉驚訝的康沃利斯，望向少年。

「真是太棒了！因為我都是靠版稅籌措旅費，所以你也算是我的贊助者！可以請問你的大名嗎？」

「我叫皮特．雷斯頓！」

「皮特啊，好，我記住你了！下次會送土產給你！」

說完後，西奧多走向皮特的作業臺。他看著少年充滿幹勁地調合藥品，同時繼續說道：

「不過，這套作品畢竟是在旅行時順著當時的氣氛和衝勁寫出來的，坦白講，並不適合當成了解當地風俗的資料。我在這次的旅行中也找到了許多要修正的地方。」

縱捲髮教師將手抵在額頭，反省似的說道。一旁的奧利佛沒有停止作業，直接附和地問道：

「要修正的地方……什麼意思？」

「嗯，例如日之國有種叫『蕎麥麵』的食物。我在第三集時不是曾提過那是一種『味道非常清淡的冷麵料理，另外會附上很鹹的冷湯』嗎？但那其實是我誤會了。附的不是湯，是醬汁！而且並非直接淋在麵上面，是要拿麵去沾！」

說完後，西奧多從懷裡掏出兩根細長的條狀物，用右手的手指夾住。

「順帶一提，筷子是要像這樣拿。如何，我的手很靈巧吧？用這個夾住麵，然後像這樣……一口氣吸進嘴裡。因為那裡的餐桌禮儀和這裡不同，所以就算發出很大的聲音也沒關係。」

西奧多試著重現吃蕎麥麵的動作。因為初次目睹異國的餐飲文化，凱半信半疑地向旁邊的少女問道：

「……奈奈緒，真的是這樣吃嗎？」

「嗯。仔細想想，自從來到這裡後，就好久沒吃到蕎麥麵了。」

「想吃嗎？很好，那下次的土產就送妳蕎麥麵吧。」

男子隨口許下承諾後，就繼續講述旅行的回憶。雪拉低頭默默聽著，沒多久就關掉鍋子的火停止調合。

「……完成了。」

「不愧是我的女兒！遙遙領先其他人呢！」

西奧多將手伸向裝著完成品的燒杯，照一開始宣告的那樣喝下去。過不久，他的嘴裡冒出大量泡沫。

「——咳啵啵？」

「哎呀，不好意思，我加了太多起泡草。大概是因為那些和課程無關的廢話讓我手滑了。」

「咳啵啵啵……！心、心愛的女兒啊！這分量多到不像是手滑啊？」

西奧多努力嚥下泡沫說道。此時，他背後又傳來別人的聲音。

「在下也做好了。」

「？等等，奈奈緒！妳怎麼可能做得這麼快——」

「好，第二杯！」

奧利佛還來不及阻止，縱捲髮教師就一口氣喝下奈奈緒調合的藥。在把藥嚥下喉嚨的瞬間，他的雙眼就噴出大量淚水。

「眼睛！我的眼睛啊啊啊！——奈奈緒，這太糟糕了！妳的大哭洋蔥根本沒泡過水！」

「唔唔唔？有哪裡做錯了嗎？」

「因為妳切碎後沒有用鹽水洗過！我明明跟妳說過很多次，不能隨便省略步驟！」

奧利佛指出奈奈緒的失誤，並立刻調合一杯中和劑。西奧多用鼻子吸入少年遞給他的中和劑後，流淚的症狀就逐漸緩和。

「呼、呼……謝謝你。好幾年沒像這樣大哭了……這比想像中還痛苦呢。呃，所以我還得喝幾杯？」

「只剩三十八杯。」

「這樣會出人命吧！」

西奧多直到現在才因為女兒的提醒發出慘叫。一直瞪視著兩人的康沃利斯，也跟著在這時候舉手。

「叔、叔叔！我也做好了！」

「嗯?喔,好。」

男子用手帕拭淚,在聽見她的聲音後走了過去。在緊張的康沃利斯面前,西奧多一口氣喝下她完成的藥。

「——嗯,做得不錯。火候控制得很好,從材料的事前處理到後續的每一個步驟,都做得非常仔細。味道也很清爽,已經到了可以拿去店裡賣的水準。」

「這、這是我的榮幸!那個,我——」

「給妳最高等的評價。以後也要繼續努力。」

簡短評價完後,西奧多沒再多說什麼就直接離開。來不及開口的康沃利斯,只能呆站在原地。

「老師,我也做好了!」

「喔,是你啊,皮特!看來值得期待呢!」

西奧多回應眼鏡少年的呼喚,馬上走了過去。他學不乖地繼續一口喝下內容物,認真品嚐了幾秒後,立刻露出笑容。

「喔,這個也做得不錯!完全不輸Ms.康沃利斯!從這個藥的完成度,就能看出你平常很用功!」

「這、這是我的榮幸!」

皮特因為被誇獎而臉紅,但在他的眼前,西奧多的表情卻變得愈來愈憂鬱。

「…………」

「……老、老師？」

少年覺得情況不對勁，戰戰兢兢地上前搭話。只見男子當場蹲下來抱住膝蓋，然後躺在地上喃喃自語。

「…………好難受……好想死……」

「糟糕，是攝取過度導致的急性憂鬱症狀！得快點讓他喝抗鬱藥！」

「他是笨蛋嗎？不管什麼藥，服用過量都會變成毒藥啊！」

奧利佛和雪拉察覺男子的症狀後，立刻開始準備替他治療，但在兩人行動之前，高個子少年已經拿起放在作業臺上用來給學生觀察的大笑菇。

「如果是藥效太強，只要反過來讓他吃這種菇就行了吧？我已經先切好一片了。」

「等等，凱？怎麼可以這麼隨便……！」

卡蒂還來不及阻止，凱就已經餵西奧多吃了一片大笑菇。男子任憑擺布地咀嚼並吞下大笑菇後，原本陰沉的表情就逐漸恢復。

「哈哈哈哈！天空有好多彩虹啊！」

「啊，糟糕，太有效了。」

「凱！你最好改一下那種想到什麼就做什麼的習慣！」

男子的症狀愈來愈惡化，讓奧利佛頭痛不已。在重新回來上課的幾分鐘前，男子的精神狀態不斷在最高點與最低點之間急速往返。

在那之後，即使鍊金術課已經結束，學生們也都移動到下一堂課的教室，六人還是一直在討論剛才的事情。

「妳爸爸真是個有趣的人呢。」

「拜託別再提了……我已經夠難為情了。」

雪拉用雙手摀著臉說道。她這個模樣讓其他人覺得非常新鮮。

「他不管做什麼事都是那個樣子……講好聽一點是自由奔放，但無論是作為父親或教師，他都太缺乏責任感了。讓我這個女兒非常頭疼。」

縱捲髮少女嘆了口氣。相較於仍對剛才的事情耿耿於懷的少女，站在一旁的眼鏡少年已經因為即將開始的魔法劍課露出緊張的表情。

「……終於要進行綜合戰了……」

「冷靜點，皮特。不需要急著有結果。」

奧利佛提醒皮特放鬆。此時，在平常的大房間裡排好隊的學生們面前，魔法劍師傅嘉蘭德披著一條白色披風現身了。

「開始吧——就像上一堂課說的那樣，從今天開始要進入也能使用咒語的綜合戰。之前都是讓有經驗的人和初學者分開練習，但從今天開始會適當地讓你們互相交流。雖然雙方有明顯實力差距的對戰會變多，但相對地學習的機會也會增加。」

做出這樣的開場白後，嘉蘭德一如往常地對所有人的杖劍施展不殺咒語。接著他隨便選了三分之一的學生進行比賽，剩下的學生則是在一旁觀摩。被點到名的學生依序出列。

「……啊。」

「——唔。」

在這個過程當中，皮特與康沃利斯被選為彼此的對手。因為康沃利斯在餐廳裡報名最強決定戰時，給人留下強烈的印象，所以眼鏡少年也還記得她。兩人隔著一步一杖的距離互相對峙，屬於觀摩組的凱開口說道：

「我記得皮特的對手是妳的親戚吧。」

「……嗯。以皮特現在的實力，應該會陷入苦戰。」

說完後，雪拉專心觀看少年的比賽。一旁的奧利佛也跟著這麼做。對在兩人底下特訓的皮特來說，這是他第一次有機會實踐新學到的東西。

「即使分出勝負也不算結束，要一直戰鬥到時間用完。預備——開始！」

嘉蘭德宣告比賽開始。皮特連忙舉起杖劍，奧利佛從外圍喊道：

「皮特，別慌！先以取得一勝為目標吧！」

奧利佛這麼說是為了舒緩皮特的緊張，但康沃利斯聽見後，她的太陽穴就抽動了一下。

「『先取得一勝』？……看來我也被小看了呢。」

少女以險峻的表情如此低喃，將杖劍前端對準眼前的對手。

「放馬過來吧，你這個普通人出身的傢伙——我來讓你見識實力的差距。」

康沃利斯如此宣告。皮特努力振作，不讓自己被對方的氣勢壓倒，擺出中段架勢踏出腳步——

「——呃？」

就在少年打算主動進攻的瞬間，對手已經完美地抓準時機刺中他的胸口。強烈的衝擊讓皮特後仰著倒下。康沃利斯冷淡地俯瞰皮特，毫不留情地說道：

「站起來。時間還沒到。」

在對手的催促下，皮特咬緊牙關起身。他重新擺出架勢，再次砍向悠然等待的敵人。

「喝啊！」

皮特瞄準手腕的斬擊被巧妙架開。康沃利斯一開始是用反擊應對皮特的攻擊，這次則是換成不斷接招。皮特接連使出的攻擊都被擋下，少女不屑地說道：

「……手腳一點都不協調。就算是初學者也太差勁了。你根本對戰鬥一點概念也沒有。」

說完後，她躲開刺擊，絆倒對手的腳。少年因此失去平衡，用力跌了一跤。就在他氣憤地起身時，在外圍看不下去的凱大喊：

「皮特，冷靜點！這是綜合戰啊！」

「——唔！」

這句話讓皮特猛然回過神——沒錯，這是能夠使用咒語的綜合戰，不需要一直在劍的攻擊範圍內戰鬥。

皮特改變作戰方針，一口氣拉開距離。康沃利斯見狀，傻眼地嘆了口氣。

「真是愚蠢……你以為用咒語戰鬥就會有勝算嗎？」

兩人拉開距離對峙。在互瞪了一會兒後，皮特率先發動攻擊。

「**雷光奔馳！**」

他透過詠唱放出雷擊咒語。像是在反映皮特的求勝意志般，他又接連施展出第二擊與第三擊——但康沃利斯連眉毛都沒動一下。她只用最低限度的橫向移動和賦予了對抗屬性的杖劍，就從容地躲過那些雷擊。

「這樣也算是有瞄準嗎？——**雷光奔馳！**」

康沃利斯在閃躲的同時放出咒語。那道攻擊穿過皮特莽撞展開的攻勢破綻，毫不留情地貫穿他的身體。

「呃——啊……！」

「皮特！」

卡蒂對因為那股衝擊而倒地的皮特大喊。這次少年無法立刻起身。康沃利斯冷漠地對手腳麻痺，只能在地上不斷掙扎的皮特說道：

「這下你明白我們之間的實力差距了吧——說什麼整套都看完了。不過是稍微被稱讚了一下，別得意忘形了！」

少女的話裡充滿怒氣。在外圍聽見這句話的凱，疑惑地皺起眉頭。

「……？那傢伙在生什麼氣啊？」

「不知道。她應該沒跟皮特說過幾次話吧……」

「…………」

在覺得不解的卡蒂旁邊，雪拉一直緊盯著這場比試。過不久，皮特總算稍微恢復並重新站了起來，但情況依然沒什麼改變。皮特拚命用杖劍和咒語發動攻擊，但最後都被康沃利斯用遠勝於他的技術毫不留情地打倒。

「又被打倒了……！我實在看不下去了！還沒結束嗎？」

「不，等等，卡蒂。」

奧利佛如此喊道。他抓住差點兒就要介入比賽的捲髮少女肩膀，阻止了她。

「他本人還沒放棄。而且……他未必會一直輸下去。」

「咦？」

「Ms.康沃利斯太小看皮特了。這就是可乘之機。」

奧利佛專心看著比賽說道。沒錯，只有他和雪拉有發現。看起來已經束手無策，被對手打得落花流水的皮特，眼神深處仍燃燒著強烈的鬥志。

「真是學不乖。明明這麼弱……！」

對一直重複同樣流程感到厭煩的康沃利斯如此啐道。她還以為自己處在咒語戰的距離，皮特趁這個機會全力衝刺。

「呀啊！」

「——唔？」

少年出乎對手的預料快速往前衝。康沃利斯立刻使出雷擊咒語迎擊，但沒有打中皮特，只有掠過他的頭頂。少年在往前踏出一步的同時，「用力將身體往前傾」。

察覺危險的康沃利斯立刻後退，皮特在幾乎快要跌倒的時候伸出右手平衡身體，順勢使出一記刺擊展開追擊。

「——咦——」「……唔……！」

康沃利斯驚訝地睜大眼睛，注視著只差一吋就刺中自己胸口的劍尖。皮特的聲音因為懊悔而顫抖——他只差那麼一點就能擊中敵人的身體。

「是『英勇刺擊』啊……剛才那下真可惜。」

奧利佛低喃道——利森特流魔法劍「英勇刺擊」。透過大膽的前傾推翻對手對距離的預測，再趁機展開的奇襲。教皮特這招的雪拉，也在旁邊點頭說道：

「沒錯……就算是Ms.康沃利斯，也不會預料到皮特在這時候就『針對界線進行攻防』……但還是差了一步，他的衝刺還不夠銳利。」

兩人都感到十分懊悔。皮特無奈地重新拉開距離，在經過一段沉重的沉默後，康沃利斯輕聲問道：

「……這招是米雪拉教你的嗎？」

「…………」

皮特以沉默回應。少女將他的沉默視為肯定，嘴角因為憤怒而扭曲。

「……你們真的是太讓人生氣了……！」

「──時間到。到此為止！」

幾分鐘後，隨著嘉蘭德的聲音響起，兩人的比賽就此結束。

「……呼……呼……」

「皮特，辛苦你了。」

奧利佛上前迎接氣喘吁吁的少年，拍了一下他的肩膀說道。皮特低著頭咬緊嘴唇。

「……我連一勝都沒拿到……」

伴隨著這句話，他的雙眼開始流出大顆的淚水。奧利佛點點頭，雪拉露出溫柔的微笑──這些淚水，正是他直到最後都沒有放棄勝負的證明。

「不需要沮喪。你之後還有機會。」

「嗯……而且，你的對手是真的很強。」

奧利佛補上這句話後，看向比賽場地的對面。康沃利斯正不悅地在那裡跺腳。她和叫費伊的少年站在一起，同樣盯著這裡看。

「不愧是能參加最強決定戰的人……Ms.康沃利斯是個不容大意的對手。」

又隔了兩天，入夜後，等吃完晚餐的學生都回到宿舍後，奧利佛等六人按照約定留在校舍。

「——所有人都到齊了吧。」

在雪拉的指示下，他們各自詠唱研磨咒語，在完成這項工作後，就透過眼前的鏡子入侵迷宮。所有人都來到一條通道，凱靜不下來似的四處張望。

「……這是第一次只有我們六個一起探索迷宮，感覺有點緊張呢。」

「放心啦！只要大家都在，就沒什麼好怕的！」

卡蒂用開朗的聲音說道，但馬上被奧利佛打斷。

「不好意思在妳正有幹勁的時候潑妳冷水……不過坦白講，迷宮裡充滿了可怕的事物。因為迷路而遇難、魔獸的襲擊、中陷阱受傷，或是與其他學生起衝突。危險可是多到數不完。」

「唔。」

「第一層最常發生的是第一個和第四個。正因為是淺層，所以有許多學生出沒。我以前也有過這方面的經驗，如果被惡質的高年級生纏上，事情就會變得很麻煩。」

「嗚嗚。」

雪拉也一起勸卡蒂不能衝得太過頭，奧利佛開始說明在迷宮內的行動方針。

「我和奈奈緒打頭陣，雪拉殿後。中間三人維持三角形的陣形，盡量避免分散。或許你們會覺得我太誇張了，但這個隊形能夠穩定應付來自各個方向的攻擊。」

「我知道了……萬一有人走散怎麼辦？」

「不要到處亂跑，想辦法躲在走散的地點附近。要相信其他同伴一定會找到自己。」

皮特點頭後，所有人就照奧利佛的安排布陣，之後奈奈緒開口說道：

「看來大家都已經做好覺悟了——那麼，出征吧！」

六人一起沿著通道前進。負責殿後的雪拉，看向打頭陣的少女背在背上的掃帚。

「奈奈緒，妳把掃帚帶來啦。第一層能飛的地方應該不多——」

「沒關係。在下和這支掃帚才剛認識不久，所以想多跟牠培養感情。」

奈奈緒笑著握住掃帚。這個符合她風格的想法，讓奧利佛也跟著露出微笑。

另一方面，走在隊伍中間的卡蒂，則是緊盯著走在旁邊的少年看。

「……咦？皮特，你今天是男孩子呢。」

「妳——妳怎麼會知道？」

被看穿的皮特驚訝地後退。捲髮少女用手扶著下巴回答：

「呃，整體給人的感覺……？你今天看起來很冷靜，所以我才覺得大概是這樣。」

皮特不滿地嘟囔。他的兩極往來體質已經覺醒，在學會自我控制前，性別都會不定期改變。與他同房的奧利佛，當然也從早上就知道他今天是男性。

「去程就交給卡蒂帶路了。一開始要怎麼走？」

「呃——首先往右直走，在第三條岔路左轉吧。」

被要求帶路的卡蒂說出一開始的路線。六人就這樣前進了一段時間，但前方突然有一群生物經過。那些動物擁有圓滾滾的身體和短小的四肢。

「啊，是玉鼠群……！」

「好，停下。以後再找機會觀察動物吧。」

凱伸手抓住少女的衣領，阻止她去追那些動物。奧利佛側眼看向覺得可惜的卡蒂，開始解說：

「第一層的魔法生物通常體型不大又膽小，但如果掉以輕心還是有可能會受重傷。例如像這種縫隙——」

他拔出杖劍刺進牆上的縫隙，接著劍身立刻被一個大鉗子夾住。少年直接拔出杖劍，從裡面拉出一隻和中型犬差不多大的甲殼生物。

「——果然是岩縫蟹（crack crab）的棲息地。這傢伙的鉗子非常有力，如果不小心把手伸進去，手指一下就會被切斷。所以千萬要注意狹窄又陰暗的地方。」

「喔……這隻大螃蟹看起來真美味。」

「喔，奈奈緒，妳真內行。像這種有活力的螃蟹，用鹽水煮會非常好吃。」

「喂，別突然討論起吃的！奧利佛也快點把牠放回去！」

按照卡蒂的指示將岩縫蟹放回去後，六人再次於迷宮內前進。凱像是突然想起什麼般說道：

「話說金伯利有個叫迷宮美食社的社團吧。他們好像會把棲息在這裡的生物做成料理，持續追求新的美食。大家有興趣嗎？」

「一點也沒有！反正一定都是做些像煎犬人肉或巨魔燉菜之類的料理吧！」

少女肯定地如此斷言，走在一旁的皮特開始聞來聞去。

「……不曉得是不是因為在聊這種話題？感覺好像聞到很香的味道。」

「不，我也聞到了……好像是烤東西的味道。」

聞到相同味道的雪拉狐疑地喊道。他們納悶地經過一個轉角後，就發現了原因。

「……嗯啊。」「哎呀，是一年級生啊？」

許多張臉一起轉了過來。在通道間有個類似廣場的空間，約十個學生圍著火堆坐在那裡。那些面孔有一半是一年級生，剩下的另一半應該是二～四年級生吧。由於默默經過也有點尷尬，因此奧利佛客氣地問道：

「……晚安。呃，請問這是在幹嘛……」

「迷宮美食社的迎新烤肉派對！你們要加入嗎？」

看起來最年長的男學生起身招呼六人。此時，又有其他學生從通道深處走過來，手上還拿著詭異的紅黑色物體。

「學長，我抓到一隻大水蛭！這可以吃嗎？」

「新來的，你真有挑戰精神！好，總之先烤烤看吧！」
「學長，大事不妙！感覺視野開始變模糊了！果然是因為剛才的蘑菇吧！」
「哈哈哈哈！來，也喝點解毒藥吧！不然這樣下去可是會吐血而死！」
迷宮美食社的社員們一面聊著危險的話題，一面繼續烤肉。奧利佛用眼神行了一禮後，開口說道：
「……打擾了。各位請慢用。」
六人立刻穿過廣場的角落離開。過了一個轉角並遠離那些談話聲後，卡蒂總算開口：
「──果然是一群喜歡吃怪東西的人嘛！」
「有什麼關係！這和去販賣部買隨機口味的飲料試運氣差不多吧！」
卡蒂和凱就這樣吵了起來，縱捲髮少女無視兩人看向背後。
「先不管迷宮料理是好是壞……剛才邀請我們加入的可是個名人喔。」
「啊，果然是他。那個人就是傳說中的『生還者』凱文・沃克吧。」
奧利佛理解似的點頭。凱聽見後，激動地將頭轉向這裡。
「真的假的……？太可惜了，早知道就去跟他搭話！」
「？怎麼了？他是那麼厲害的人嗎？」
「那當然。他可是在迷宮深處失蹤了半年，然後被學校判斷已經死亡。明明連葬禮都辦好了，之後卻還活著回來的人。」

「在這裡生活了半年？怎麼可能，再怎麼頑強也該有個限度……」

「他本來預定在今年畢業，但因為那件事留級一年，所以今年還是六年級生。雖然不曉得他們會讓我們吃什麼，但或許參加那場烤肉派對會很有趣呢。」

奧利佛半是認真，半是開玩笑地說道。雖然卡蒂激動地搖頭，但一旁的雪拉依依不捨地回答：

「的確，那個活動看起來既熱鬧又開心……是叫烤肉嗎？」

「？雪拉，妳沒有烤肉過嗎？」

「嗯，說來慚愧……光是在廚房以外的地方煮東西來吃，對我家來說就算是相當稀奇了。」

「那真是太可惜了，下次來辦吧。在工房應該能烤肉吧？」

「想烤肉是可以，但要準備正常的食材喔。絕對禁止在迷宮裡調度食材。」

卡蒂以堅定的語氣警告其他人。此時，一行人突然停下腳步。前方有一條細細的通道——但那裡的地板、天花板和牆壁都爬滿了巨大的蛞蝓。

「唔嗯，這不是蛞蝓的巢穴嗎！喂，應該有辦法能避開牠們吧？」

「咦，為什麼？牠們又不會攻擊人？」

捲髮少女困惑地說完後，就乾脆地走進通道，她的腳底也因此沾了許多黏液。

「嗯，借我過一下。對不起喔。」

卡蒂溫柔又大膽地推開那些蛞蝓前進。其他五人傻眼地看著她迅速穿過通道。

「好，開出一條路了！馬上就會重新塞住，大家快點通過吧！」

少女指著自己開出的道路呼喚同伴。因為沒有時間猶豫，剩下的五人只能輪流踏入通道。蛞蝓在這段期間都沒有發動攻擊，他們就這樣順利抵達卡蒂身邊。

「吶，很簡單吧？」

「……除了褲腳沾滿了腥味以外。」

凱低頭看著被黏液弄溼的褲子說道。卡蒂無視他的抱怨，看向通道地面。

「現在是牠們的繁殖期。仔細看就會發現也有剛出生不久的小蛞蝓。就像這隻。小小的，很可愛吧。」

「唔喔，別放在手上啦！快點放回地上！」

少女遞出的小蛞蝓嚇得凱整個人往後仰。奧利佛突然感到不太對勁，開口問道：

「……吶，卡蒂。不曉得是不是我的錯覺……感覺這條路遇到的魔法生物特別多？」

「是、是嗎？本來就差不多是這樣吧？」

捲髮少女的眼神突然變得游移不定，從這個反應察覺真相的凱立刻皺起眉頭。

「……雖然我覺得不太可能……但妳該不會是刻意選這條路線的吧？例如事先跟密里根學姊確認迷宮內的生物分布範圍……」

「哈、哈哈哈。怎麼可能。」

卡蒂語氣僵硬地回答後，就重新踏出腳步。因為感覺到同伴們的視線都集中在自己背上，她總算承受不了壓力低聲嘟囔：

「……不過，大家也覺得路上熱鬧一點比較好吧？」

「妳這傢伙果然是故意的！」

「…………唉，只要能平安到達目的地就沒關係……」

奧利佛放棄似的嘆了口氣。之後六人又走了約二十分鐘，然後再次抵達一條直直的通道。卡蒂在這時候開口：

「啊，等一下。這裡可能會有點危險。」

「……喂，具體來說是什麼樣的危險？」

凱基於不好的預感如此問道。捲髮少女沒有回答，她從行李中掏出一顆毛線球往前面丟。下一個瞬間——從四面八方射出來的針，將毛線球變成了刺蝟。

「……就像這樣。」

「這哪叫有點危險！一不小心往前走，就會變成刺蝟吧！」

奧利佛無視大喊的凱，慎重地觀察通道。仔細一看，牆壁、地板和天花板上都開了許多和小指差不多大的洞。剛才那些貫穿毛線球的針，就是從這些洞射出來的。

「這個……不是陷阱呢。是弓貝的棲息地嗎？」

「嗯……但針都很小，不太可能射死像人類這麼大的生物。只是會有點痛而已。」

「就算只是有點痛，我也不想挨針……要怎麼通過這裡啊。」

皮特說出理所當然的擔憂後，卡蒂自信滿滿地走到他前面。

「交給我吧。只要燒一種特定的香，這些孩子馬上就會睡著。」

說著說著，她從行李中拿出一個香爐放在地上，用火炎咒語點火。等香爐開始冒煙後，她進一步施展起風咒語，將煙導入通道。

「嗯，這樣就行了，再等個五分鐘吧。」

說這句話時，卡蒂也在用風魔法調整氣流。看見她有確實準備好對策，其他五人也放心地等煙生效——幾分鐘後，奈奈緒突然轉身看向後面。

「……？感覺好像有奇怪的聲音從後面過來。」

東方少女凝視著一行人剛才走過的通道。奧利佛也跟著看過去，伴隨著某種東西被高壓噴射出來的聲音，眼前的空間開始被一陣白煙籠罩。

「不妙——是陷阱。」

奧利佛用僵硬的聲音說道——從牆壁的縫隙裡噴出水蒸氣，並急速朝這裡接近。如果籠罩通道的白煙是熱氣，那溫度一定相當高。

「大家快全力逃跑！如果被追上就慘了！」

雪拉察覺危險後，立刻催促同伴逃跑。卡蒂驚訝地說道：

「咦？等、等一下！香的效果還沒……！」

「沒有時間猶豫了！快跑！」

奧利佛也跟著開口催促，於是六人一起用跑的穿過通道。如果不想全身都被蒸氣嚴重燙傷，就沒有選擇的餘地。他們在迷宮內全力衝刺了約三十秒——直到再也聽不見噴出蒸氣的聲音，才停下腳步往後看。

「呼、呼……總、總算逃過一劫。啊～真恐怖……」

「……妳這傢伙……」

卡蒂鬆了口氣，凱的聲音則是聽起來有些顫抖。其他五人訝異地轉頭看向他——

「……要怎麼賠我的屁股啊……」

「唔哇！」

皮特在目睹那個光景後發出慘叫，其他四人也倒抽了一口氣——他們眼前的高個子少年，屁股上悲慘地插著幾十根針。

十分鐘後，由於奧利佛幫忙把針取下和施展治癒咒語，凱的屁股徹底痊癒了。

「卡蒂——！妳這傢伙——！」

「對不起！原諒我吧！」

但嚐到的苦頭當然不可能跟著消失——凱憤怒地用雙手捏著負責帶路的卡蒂的臉頰。因為這次實在不好上前阻止，奧利佛和雪拉一起嘆了口氣。

「有些陷阱是針對多人，在只有一個人時不會發動……雖然同情凱的遭遇，但只能當作學了個教訓。」

「是啊……話說回來，只有凱通過的地方香還沒生效，也算是運氣不好。」

兩人將這個教訓記在心裡。在這段期間懲罰完卡蒂的凱總算釋放少女，他雙手扠著腰囂張地說道：

「呼……好，就這樣放過妳吧。不過既然已經犧牲了我的屁股，妳接下來一定要好好帶路喔！」

「嗚嗚，我會努力……」

因為臉頰發疼而淚眼盈眶的捲髮少女，重新開始替大家帶路。跟在後面的奧利佛開口說道：

「話說我們已經走了很多路，應該差不多快到了吧？」

「嗯、嗯，很近了。應該只要走下這個坡道——」

卡蒂沒什麼自信地看著手上的地圖說道，但走到通道的中間時就突然停下腳步。

「啊，就是這裡！沙丁魚……不對，**鯡魚之首**！」

少女一喊出咒語，牆壁就開始變形，在過了幾秒後變成入口。卡蒂直接走進去，其他五人也緊跟在後。

「大家辛苦了！來，請進！這就是我們的祕密基地喔！」

順利抵達目的地，讓捲髮少女開心地跳了起來。她揮動白杖，點亮設置在天花板的礦石燈——目睹燈光照亮的景象後，同伴們發出佩服的聲音。

「——嗯。是個不錯的地方呢。」

奧利佛第一句話就這麼說。地板面積大約是寬十碼，長十五碼。從地板到天花板的距離大約是三碼多，整個空間大概是宿舍雙人房的兩倍大。房間深處設有爐灶，周圍的櫥櫃擺滿了用來製作魔法藥的鍋釜等道具。除此之外，左側的牆壁還有一扇門，右側的牆壁則是有兩扇門。

「東西還滿齊全的呢。但六個人用是不是有點太窄了？」

「呵呵呵，果然都會這麼想吧？不用擔心啦。」

卡蒂奸笑著走進房間，打開位於左側的門，然後直接踏入陰暗的空間。

「主要的房間在這裡。只要把燈打開——」

她像剛才那樣朝天花板揮動白杖，一個特大的礦石燈立刻發光，瞬間照亮了陰暗的空間。出現在眾人眼前的——居然是明顯比剛才的房間還要大上十倍的室內空間。皮特不禁傻眼地仰望高聳的天花板。

「——這空間也太大了吧。我們也可以使用這裡嗎？」

「那當然！密里根學姊說這裡以迷宮一層來說，算是相當高級的工房呢！」

卡蒂得意地說道。她的聲音造成的回聲，更加強調出這個空間有多大。雪拉在室內繞了一圈，大致檢查過後開口：

「她說的沒錯呢……這裡的水源、火爐和烤窯都很齊全，而且還都有精靈居住。這樣從明天開始就能當成工房使用了。」

「看來我的屁股沒有白白被刺。」

凱苦笑地搓著自己的屁股說道。

「好，來討論怎麼分配空間吧！我的花壇可以放哪裡？」

「別那麼急，我先把大家的願望抄下來。我是想飼養生物，凱是栽種植物吧。其他人想在這裡做什麼？」

說完後，卡蒂從行李裡拿出筆記本和筆開始抄寫。她的問題讓其他五人面面相覷。奧利佛決定先打好基礎，於是開口說道：

「……我目前想將這裡當成探索迷宮的據點，所以想先充實作為避難所的功能。另外也想準備符合人數的睡床。」

「喔，要在這裡住嗎？真是令人興奮。」

「哎呀，奈奈緒，妳也懂嗎？這樣才叫祕密基地啊。我也好久沒這麼興奮了……好，在周圍設陷阱吧！果然基地就是要好好防守！」

「設會刺屁股的陷阱嗎？」

「皮特，你這傢伙！」

遭到嘲弄的凱試圖抓住皮特，眼鏡少年趕緊逃跑。兩人在寬廣的室內上演你追我跑的戲碼，雪拉看著看著就突然笑了出來。

「……呵呵呵。」

「？怎麼了，雪拉。」

「沒事——就是莫名覺得很開心。真不可思議。我還是第一次有這種心情。」

雪拉的表情摻雜著開心與困惑。卡蒂瞄了她一眼後，輕聲說道：

「……真的要討論起來，可能會拖到很晚，現在時間也不早了。如果大家不介意，不如……今天就在這裡住一晚吧？」

其他人都沒有反對。於是，他們在祕密基地度過了最初的一晚。

決定在迷宮內過夜後，受到之前走了不少路的影響，六人開始覺得肚子餓。儘管所有人都有帶乾糧，但凱認為以祕密基地的第一餐來說，這樣實在太缺乏情趣。其他人也表示贊成，於是他們決定離開據點，外出「採購」。

「……在迷宮裡真的找得到商店嗎？」

一行人再次讓奧利佛和奈奈緒打頭陣，以和出發時相同的陣形走在迷宮裡時，卡蒂半信半疑地問道。

如同她從密里根那裡獲得的據點，迷宮裡有許多未經學校承認的工房。許多學生會長時間待在這裡——既然有人在這裡生活，自然會產生許多需要，也會有人開始販賣商品。他們在找的就是這種「店」。

「如果找不到，就只能學迷宮美食社的那些人了。」

「絕對要找到！」

堅決不想讓魔物上餐桌的卡蒂，睜大眼睛四處張望。奧利佛露出苦笑。即使真的找到「店」，那裡賣的商品很可能也是來自迷宮的魔法生物——但她似乎還沒注意到這點。

「嗯——那是！」

一行人在據點附近搜索了一會兒後，在一條寬廣的道路發現人影。他們一走過去，就看見地上鋪了一塊布，上面擺滿了各種物品。就在六人能看見對方的臉時，人影也轉向他們。

「——喔～？歡迎光臨～真難得遇到全部都是一年級生的客人。」

一個擁有讓人印象深刻的大嘴巴，看起來像是高年級的女學生，以獨特的語氣跟他們打招呼。雖然她身上的制服已經非常破舊，但從披在肩膀上的長袍內側的顏色，還是能勉強看出是三年級生。女學生仔細端詳奧利佛等人的臉，繼續說道：

「這麼早就開始習慣夜遊可不太好喔～感覺會變得麻痺——話雖如此，咱這個人做生意是不挑客人的！咿哈哈哈，你們想買什麼啊！」

本來以為女學生是要說教，結果她馬上就表現出商人的樣子。卡蒂蹲下來檢視放在她腳邊的商品，佩服地說道：

「好厲害，真的在迷宮裡開店耶……妳到底是怎麼把商品帶進來的？」

「那當然是自己運進來或在迷宮裡製作啊。即使只是止癢軟膏，在迷宮裡也能賣到校舍的三倍價。不枉咱特地帶進來。」

說完後，女學生又繼續發出「咿哈哈哈」的獨特笑聲。雖然擺在地上的商品是以魔法藥為中心，但奧利佛發現這個店長背後有一個放商品的大籃子。

「有賣食材嗎？」

「有很多喔。是要能吃飽就好，還是要辦派對？」

「介於兩者中間吧。希望是好吃的東西。」

奧利佛一提出要求，店長就立刻轉身在背後的大籃子裡翻找。她從堆積如山的商品中接連找出葉菜類、根菜類、菇類和肉塊，一一放在六人面前。

「拿去吧。你們是新客人，所以給你們特別優惠。六人份只要三千貝爾庫就好。」

「咦──這麼便宜？」

奧利佛意外地睜大眼睛。畢竟是這種地方，所以他本來做好了被敲竹槓的覺悟，但這位店長提出的價格十分良心。店長察覺他的困惑，笑著說道：

「一年級才念到一半就來這麼深的地方，咱欣賞你們的魯莽。你們一定要活下來，成為咱的常客啊。」

她用聽起來有點危險的話鼓勵後輩。奧利佛道謝後，她又接著說道：

「唉，就算沒活下來，也只是讓咱的店多一些新鮮的肉而已。不管怎樣咱都不會吃虧。」

除了奈奈緒以外的五人都一齊皺起眉頭，但即使面對這種氣氛，店長仍毫不在意地笑道：

「咿哈哈哈，開玩笑的啦！來，這些飲料也送你們！」

比想像中還要順利就取得食材後，六人回到據點準備料理。

「……你們覺得這是什麼肉？」

「大概是羊肉吧。不用擔心，從肌腱的狀況來看，至少可以確定不是亞人種。」

卡蒂緊盯著紅色肉塊問道，同樣在一旁確認菇類的凱如此回答。凱對野生食材很有經驗，所以主要是由他確認食材的安全。

「該做什麼料理好呢。這麼多食材應該能做出一頓大餐。」

「咦——凱會做菜嗎？」

「雖然我不會做太精緻的料理，但味道應該是不用擔心。」

高個子少年說完後起身，捲起袖子站到廚房。出乎意料的是，卡蒂也輕笑著移動到他旁邊。

「我可以把這句話……當成是對我的挑戰嗎？」

「喔，怎麼？要比一場嗎？」

凱像是覺得有趣般反問，兩人的視線之間爆出火花，幾秒鐘後——兩人拿起房間裡原本就有的刀以驚人的氣勢處理食材。奧利佛苦笑地從後面看向兩人。

「……我們留在這裡也只會妨礙他們。奈奈緒，吃飯前要不要鍛鍊一下？」

「在下正想這麼說呢。」
奈奈緒立即點頭，兩人一起前往大房間。雪拉看著兩人離開，向留下來的眼鏡少年搭話。
「皮特，那我們就來複習課業吧。你今天上咒語學課時好像聽不太懂？」
「嗚……我、我知道了。拜託了。」

在大房間中央面對面站好時，奧利佛首先問道：
「那麼……我想先確認一下。妳有辦法再用那一招嗎？」
至於那一招是什麼，兩人都心知肚明。奈奈緒搖頭回應後，少年沉思了一下。
「這樣啊……真不可思議。明明『那個』絕對不是誤打誤撞就能施展出來的技巧。」
「在下之前也問過，會不會是奧利佛太高估在下了？」
「應該不是。即使我有可能看錯，這樣就無法解釋為何能夠破解石蛇的魔眼。」
奧利佛如此斷言。兩人所討論的，正是奈奈緒在與薇菈・密里根戰鬥時使出的決勝一擊——第七魔劍。
兩人將這件事當成祕密，沒有告訴其他同伴。嘉蘭德之前在魔法劍課上也說過，魔劍的使用者不會誇耀自己的招式。為了避免缺乏常識的奈奈緒說溜嘴，奧利佛在事件結束後對她耳提面命了好幾次。

「無論如何——關於這件事，也只能等妳自己想起來了。雖然我很期待，但現在還是先努力練習咒語吧。」

確認完後，奧利佛立刻轉移到下一個話題——關於「她的魔劍」，他真的無法給予任何建議。既然完成那個魔劍的是奈奈緒，那自然也只有她能夠重現。

先不管這個外人絕對無法介入的問題，作為一個魔法師，東方少女還有太多基本課題要學習。其中最重要的就是咒語。奈奈緒對準備像平常那樣指導自己的奧利佛露出苦笑。

「果然是這個啊。雖然在下當然也會練習咒語……但能不能先練習一下劍術。」

「不行。既然妳已經參加一年級生最強決定戰，就必須對咒語戰有最低限度的了解。這不僅是為了妳的安全，既然妳是以魔法師的身分入學，這也是應該遵守的禮節。」

「唔，的確。在下明白了。」

奧利佛嚴厲地勸導後，奈奈緒老實點頭——她並不是想偷懶不練習咒語，只是太想和眼前的對手交鋒。在察覺少女心思的同時，少年突然微笑地拔出杖劍。

「不用擔心，妳已經能確實將魔法發射出去，再過不久就能達到實戰的水準。之後就只剩下學習怎麼將咒語和劍術交織在一起——將妳引導到這個階段，就是我這個教師的工作。」

已經拔出白杖的奈奈緒在聽見這句話後，表情就突然暗了下來。

「換句話說……等在下達到那個水準後，你就不會再教在下魔法了嗎？」

少女的眼神瞬間變得落寞，奧利佛搖頭回答：

「只要妳來問我問題，我還是會和之前一樣回答。不過——之後我們兩個就是真正對等的魔法師了。」

少年說完後，筆直凝視對方的眼睛。少女突然用力握緊白杖。

「那還真是——讓人熱血沸騰啊。」

兩人就這樣開始練習咒語，過了約一個小時後，才聽見雪拉呼喚他們的聲音。兩人收起杖劍回到客廳時，卡蒂和凱已經英挺地站在完成的料理旁邊。

「看，已經做好了！怎麼樣？」

「盡情吃吧！不過要趁熱喔！」

在兩人的催促下，奧利佛等人接連入座——除了作為主食的黑麵包以外，桌上還擺了兩道料理。一個是裝在大鍋子裡，看起來是用番茄燉煮的料理；另一個是裝在大盤子裡，在烤過的肉與蔬菜上淋了深褐色醬汁的料理。這兩道菜分別是由卡蒂和凱製作。

「感覺……看起來都很好吃。」

「開動吧。那麼——敬我們初次在迷宮內共度的夜晚！」

六人配合縱捲髮少女的聲音，用裝著蘋果氣泡酒的杯子乾杯。雖然這是一種讓蘋果發酵後製作的酒，但酒精含量非常少，所以在迷宮內不管什麼年齡的人都會喝。果汁的甜味和碳酸產生的刺激，順暢地通過他們乾渴的喉嚨。

滋潤完喉嚨後，他們終於開始享用料理。在卡蒂和凱熱切的注視下，其他四人各自吃起那兩道料理——在品嚐完味道並沉默了幾分鐘後，奧利佛喃喃開口：

「兩樣都很好吃，但如果硬要說哪一道比較好吃——」

少年看向裝著肉和蔬菜的大盤子。雪拉也點頭接著說道：

「是凱略勝一籌呢。雖然卡蒂的料理也很棒，但這是我從來沒吃過的味道……呃，我可以再來一盤嗎？」

縱捲髮少女客氣地看向凱。少年以滿臉的笑容回應後，就開始替她裝盤，一旁的捲髮少女震驚地將雙手放在桌上。

「輸、輸了……？我的自信之作，居然輸給那種隨便的料理……」

「哈哈，這就是妳不懂了。妳仔細想想，我們可是在迷宮裡走了好長一段路後，才吃到這一餐喔？現場的氣氛比較像是在露營，而露營有露營的作法。所以這時候當然要烤肉吧！」

「唔嗚嗚嗚嗚～～！」

無法反駁的卡蒂顫抖著肩膀。奧利佛見狀，也跟著恍然大悟——兩人的手藝其實應該差不多，但凱做的料理比較符合這個狀況。也就是他所說的「露營的作法」吧。

「我屁股的怨恨可是還沒消除呢。等吃完飯後就用這個決勝負吧——當然會有懲罰遊戲！」

凱從行李裡拿出紙牌放在桌上，用眼神宣告夜晚才剛開始。

吃完飯後，所有人一起玩紙牌遊戲。在分出了幾場勝負後，他們不知不覺就玩了超過兩小時。

「啊～玩得真過癮！好久沒這麼暢快了！卡蒂，謝謝妳！祕密基地真是個不錯的東西！」

「如果你真的感謝我，懲罰時就稍微手下留情啦！」

凱滿足地仰躺在椅子上，至於一旁的卡蒂，引以為傲的長捲髮完全倒豎。最後一名的懲罰，是要對頭髮施展魔法。卡蒂這個違反重力的髮型就像掃帚一樣，讓奧利佛光是忍笑就費了一番工夫。

「已、已經可以了吧，把她變回來吧——恢復原狀（亞德利吉納雷）！」

在奧利佛詠唱解除咒語後，卡蒂的髮型總算變回原貌。她拿起一撮捲髮，稍微鬆了口氣。奧利佛則是掏出懷錶確認時間，然後再次開口：

「時間不早了，差不多該休息了。我想去準備睡床——大家還有什麼事情沒做嗎？」

奧利佛向所有人確認後又過了幾秒，雪拉才客氣地舉手。

「呃，我有一個提議……要不要取名字啊？」

其他五人似乎都聽不懂她在說什麼。

「……名字？」「什麼意思？」

「關於我們這個六人團體……雖然你們可能會覺得我講的話很奇怪，但我現在非常開心。真的——開心到難以置信的地步。正因為實在太開心，所以我想讓它變得特別。我想替這個時間、這個空間、這個關係……替這一切取個名字，讓它變成確定的事物……這、這樣會很怪嗎？」

縱捲髮少女的眼神游移不定，看起來沒什麼自信，與平常截然不同。凱雙手抱胸看著她，搖頭說道：

「一點都不奇怪。雖然有點太浪漫，但這樣也不錯。」

「替這個團體取名字啊……我從來沒想過呢。皮特，你有什麼好主意嗎？」

「問、問我嗎？這實在太突然了，呃……」

奈奈緒對正在思考的同伴們喊道：

「──各位，可以請你們把劍拔出來嗎？」

說完後，奈奈緒起身拔出腰間的刀。她再次用視線催促，其他五人困惑地跟著拔劍。

「請圍成一個圓陣，然後各自把劍伸出來。沒錯……像這樣互相重疊。」

六把劍緩緩交會。如果從上往下看──那些劍就像花瓣一樣，在他們中間開了一大朵花。

「在下的故鄉，將像這樣用刀劍組成的花稱作劍花，藉此代表武人的友誼。」

「喔，東方的……」

「要向這個宣誓友情永遠不變嗎？」

「不，不需要宣誓。」

奈奈緒乾脆地搖頭，微笑地對驚訝的五人說明：

「只要記住就好。記住在這裡盛開的花朵樣貌……今天的朋友，也可能變成明天的敵人，到了後天甚至連誰還能活著都不曉得。武人不會談論未來，我們只能將現在這個瞬間清楚地烙印在心裡。」

奧利佛突然覺得能夠理解。她的故鄉曾經陷入戰亂——對必須投身激烈戰鬥的武人來說，既然自己隨時都有可能喪命，那「對未來發誓」就不是個誠實的行為。

就連「明天再見」這種微不足道的約定，對他們來說都過於虛幻。能夠確定的就只有當下。奈奈緒．響谷這個少女，一直是生活在這種無常的環境中。

「…………」

思考到這裡，他才發現——同樣的狀況，也適用於生活在金伯利這個魔境的他們。

「我們的花確實在這一刻綻放過。無論未來發生什麼事，這個瞬間都不會改變。無論命運再怎麼殘酷，都無法讓我們在這裡開出的花凋謝。」

所以奈奈緒才如此斷言，只有現在這一刻絕對不會讓給任何人。要用這朵代表武人友誼的劍花，彰顯聚集在這裡的六位魔法師的羈絆。

「因此，在下想將我們這個團體命名為——『劍花團』。」

東方少女沉靜地做出結論後，六人陷入沉默。奈奈緒的話，緩緩滲入他們的心裡。

「劍之花嗎……雖然感覺有點危險，但我覺得是個好名字。」

奧利佛率先表示贊同。以此為契機，其他人也接連點頭。

確認所有人都沒有異議後，縱捲髮少女開口說道：

「——嗯，好吧。

從這一刻開始，我們就是劍花團。是一朵開在無盡時空的角落，絕對不會被遺忘的花。」

伴隨著雪拉莊嚴的聲音，他們低頭看向自己做出的劍花，將其當成羈絆的證明。

「所有的花，都是不畏凋謝地綻放——我們也這麼做吧。並非祈求自己不會凋謝或枯萎，而是盡全力在現在這個瞬間堅強又盛大地綻放。

像這樣累積的時光——一定比永遠還要令人自豪。」

縱捲髮少女帶著確信如此宣告。沉默再次降臨。接下來好一段時間，都沒有人說話——最後凱喃喃開口：

「……喂，雪拉。妳的臉都紅了。」

「凱，你的臉也很紅喔。」

「皮特還不是一樣滿臉通紅。」

「哇哈哈哈。卡蒂的臉變得像熟透的柿子一樣。」

「奈奈緒，妳也不遑多讓喔……」

「奧利佛，你還不是一樣。」

不知不覺間，所有人的臉都變得一樣紅。奧利佛收回杖劍，清了一下嗓子。

「……的確，這麼難為情的事情，應該沒那麼容易忘記。」

「雪拉……這樣有變特別嗎？」

「嗯，非常完美……我還是第一次講話這麼失控。」

「出遊時晚上玩得太興奮就是這麼恐怖。沒有人能夠逃過一劫。」

「……換、換個話題吧！感覺快要受不了了！」

皮特忍著羞恥的心情強硬改變話題，其他人也笑著點頭。六人就這樣毫不厭倦地聊個不停，直到入眠為止。

第三章

Three on Three
三對三

「……嗯啊？」

一睜開眼睛，首先映入眼簾的是陌生的石造天花板。凱感覺到一股和外面的晚秋不同的寒氣，緩緩起身。

「凱，早安啊。睡得還好嗎？雖然這裡沒什麼像樣的寢具。」

「……嗯。我這個人哪裡都睡得著。」

先起床的奧利佛向睡眼惺忪的朋友搭話，並替他倒了一杯紅茶。凱收下茶杯喝了一口，看向睡在旁邊還沒醒的皮特——昨晚在那之後，六人將數量不夠的寢具鋪在客廳地板上，就直接一起躺下去睡了。

「……嗯？女孩子們也都不在。是在別的房間嗎？」

「不，她們一早就起床外出，應該快回來了。」

「去外面？喂，這樣沒問題嗎？」

凱不安地起身走向門口。就在他準備開門確認外面的狀況時，一張綠色的巨大臉龐突然下降到他面前。

「——喔哇啊啊啊啊？」

少年嚇得拚命往後退。嬌小的卡蒂從亞人種的大臉旁邊探出身子。

「？怎麼了，凱？幹嘛突然叫這麼大聲。」

「如、如果一開門就看見巨魔，正常人都會叫吧！」

凱用手按住跳個不停的胸口抗議。奧利佛也警戒著起身。他警戒的對象並非擋在門前面的巨魔——而是跟在捲髮少女後面走進房間的高年級生，蛇眼的魔女。

「……密里根學姊。」

「好久不見了，Mr.霍恩。唉，不用那麼警戒我。我沒打算與你們為敵。」

密里根邊說邊親切地舉起手打招呼，但奧利佛當然不會這樣就解除警戒。少年讓自己保持在隨時都能拔出杖劍的狀態，魔女溫和地繼續對他說道：

「作為這個工房的前所有人，以及奧托學妹的學姊，我只是在盡自己應盡的責任。讓一年級生自己將巨魔運來這裡會很辛苦。我只是稍微幫一點忙。」

「嗯！密里根學姊，真的很感謝妳！」

卡蒂很有精神地道謝。發現巨魔很難從正門進來後，她和密里根商量了一下後，又再次走出房間。奧利佛探出身子往外看，發現魔女在離這個入口有段距離的地方唸出暗號，打開另一個通往大房間的後門讓擁有龐大身軀的巨魔走進去。

「在聽說妳把一個工房讓給卡蒂時，我就在想妳未免太慷慨了……所以學姊到底是有什麼打算？」

和奈奈緒一起從背後觀看這副景象的雪拉，懷疑地問道。密里根笑著回答：

「沒什麼，我覺得奧托學妹將來會很有前途，所以才想先行投資。我很看好她的才能，希望她將來有所成就時也能跟著沾一些光──我就只有這點私心而已。」

目前還無法判斷這究竟是直言不諱的真心話，還是用來隱藏真意的藉口。收容好巨魔後，密里根和三個女孩一起回到房間，因此被吵醒的皮特緩緩起身。

「……吵死了……已經早上啦……？」

皮特睡眼惺忪地說道，同時開始找自己的眼鏡。此時某人將眼鏡遞給了他，少年收下後直接戴上，並準備向對方道謝──然後，「就和一個開在手掌上的異形眼睛對上視線」。

「……唔哇？是、是手？」

皮特嚇得跌坐在地。這也難怪──因為那隻手只有手腕的部分，將五根手指當成腳在地上爬來爬去。那隻手迅速跑向密里根，然後被她用右手移到肩膀上。

「很可愛吧？我後來靈機一動，將被Ms.奈奈緒砍下的左手做成人工生命體。大家可以親密地叫她小密里手。」

低聲說了句「因為是我(密里根)的手」後，魔女輕聲笑了起來。這讓奧利佛皺起眉頭……魔法師只要一個月就能長出新的手，將被砍斷的手接回去甚至不需要一天。奧利佛實在無法理解這種寧願多費工夫，也要將自己的手改造成使魔的想法。

「……我。想跟卡蒂，在一起。」

此時傳來一道笨拙的聲音。連接大房間與客廳的門被打開，巨魔將巨大的臉探了進來。卡蒂衝過去輕撫牠的臉。

「既然這孩子都這麼說了，我不想把他交給凡妮莎老師，所以打算先讓他當我的使魔。啊，他叫馬可。我有好好取得學校的許可，所以不用擔心。」

卡蒂笑著補充。奧利佛點點頭，走向巨魔。

「看來你變得比之前冷靜多了……馬可，你認得我們嗎？」

「知道。奧利佛。卡蒂，常常提到你。」

「啊？喂、喂！」

捲髮少女慌張地大喊。馬可環視其他成員，接著說道：

「凱、皮特、奈奈緒、雪拉——你們，是卡蒂的同伴。所以，也是我的同伴。對吧？」

純真的巨魔提出一個單純的疑問，奧利佛微笑地點頭回答：

「沒錯，就是這樣。請多指教。」

說完後，少年伸出右手，握住比他大好幾倍的亞人種的手。凱見狀，便雙手抱胸嘟囔：

「跟巨魔說話，果然還是有點怪怪的……卡蒂，既然妳都帶來這裡了，就要好好照顧牠喔？」

「不用你提醒，我也會好好照顧。我還有帶他去散步。難得離開籠子，一直窩在房間裡會運動不足吧。」

「……給我等一下，妳平常會帶著巨魔走在迷宮裡嗎？」

「雖然同時能讓巨魔擔任護衛——但感覺又會產生新的傳聞呢。」

雪拉苦笑著說道，但她與其他四人都沒有阻止捲髮少女。卡蒂將手扠在腰上堅強地回答：

「我早就不在意那種事了。好了——我們走吧！要開始第二天的探索了！」

「——喔哇？」「什麼，是巨魔？」

「喔～好大啊。」「喂，這樣很難通過，快把路讓開。」

他們一離開據點展開探索，就看見路上碰到的學生出現各種反應。或許是尚未擺脫入學典禮的事件造成的影響，許多一年級生一看見巨魔就立刻逃跑，但高年級的學生都若無其事地向他們搭話。

「……該說不愧是高年級生嗎，他們一點都不驚訝呢。」

「畢竟在比較深的階層，經常會遇見比巨魔還大的魔獸。」

「反過來講，巨魔在第一層算是相當強悍，足以勝任護衛的工作……」

奧利佛等人講到一半，頭上就傳來低沉的碰撞聲。他們抬頭一看，就發現話題中的馬可頭撞到天花板突出來的部分。

「……不過這裡的通道對牠來說太小了。」

「喂，剛才很大聲耶！你沒事吧？」

「嗯，沒事。我不痛。」

馬可彎著腰回答。巨魔在亞人種當中也算是特別健壯，因此即使像這樣撞到頭也不會有事。事到如今，奧利佛又再次體會到能夠用不利的刀打倒這種對手的奈奈緒有多可怕。

經過幾條岔路，走了約十分鐘後，他們在通道中間發現一個突出來的空間，那裡有個藍色的小水池。仔細觀察水面，就會發現那裡映出某間教室。密里根指著那裡說道：

「這就是離剛才的據點最近的『出入口』。這裡通常是連到校舍四樓的教室，但偶爾也會連到其他地方，要注意不一定每次都能使用。」

凱聽完這些說明後，困惑地問道：

「……嗯？這表示一開始就直接走這條路會比較近吧？」

「不，至少要能靠自己的力量抵達這個深度，才有資格收下那間工房——我再重申一次，這個出入口不一定每次都能用，要做好在最壞的情況下，可能得靠自己的力量逃回去的心理準備。」

蛇眼魔女以嚴肅的表情提出忠告。她這樣子看起來就像是個指導後輩的普通學姊，讓曾經與她有過一場激戰的奧利佛開始對這個落差感到頭痛。此時，密里根穿過他們身邊，開始循原路回去。

「那麼，我先告辭了。你們繼續享受探索吧。千萬要記得多小心。」

說完這句話後，她的身影就消失在前方的轉角。確認這個「出入口」能用後，六人互相點頭重新出發。之後馬可的頭又再次撞到天花板。

「啊，又撞到了……！」

「看來不能帶牠走太狹窄的通道。唉——反正今天只有要探索大路。我個人是很希望能找到可以採集魔法藥素材的地點。」

「一層果然很少像那樣的地方，但我也沒打算去更深的階層……」

他們邊聊邊繼續探索，在遇到岔路時就避開小路，並小心留意有沒有像之前那樣的陷阱，六人逐漸靠近迷宮深處。

「……嗯……稍等一下。」

當他們走過一條下坡時，前方突然吹來一陣風。雪拉察覺風裡帶著植物的味道，指示其他人停下腳步。

「……如果再繼續前進，很快就會抵達第二層。我們先撤退吧。」

「啊，原來如此……第二層果然跟這裡不同嗎？」

「據說環境和危險程度都不同。相較於第一層『寂靜迷宮』，通稱為『喧鬧之森』的第二層——不僅環境更廣更複雜，魔法生物的生態系也龐大許多。」

「森林……？迷宮內有森林嗎？這裡是在校舍地下吧？」

「別說是森林了，據說在更深處甚至連『海』都有。關於這座迷宮，與其說是在地下，不如用『異界』來形容比較適當。」

出乎意料的回答，讓眼鏡少年大吃一驚。雖然他們當場掉頭，準備沿著原路回去——

「——米雪拉，我不會讓妳回去喔。」

但上方突然響起一道挑釁的聲音，兩道人影阻擋在準備往上走的六人與巨魔面前。說話者是一個嬌小的金髮女學生，另外還有一個男學生陪在她身邊。雪拉抬頭看向那兩人，開口說道：

「Ms.康沃利斯，你們也潛入迷宮啦。」

「才不是潛入，是在這裡等待。為了搶走你們的徽章。」

說完後，康沃利斯以銳利的視線瞪向這裡。待在卡蒂後面的馬可，因為從對方的態度感覺到敵意而發出咆哮。

「唔喔嚕嚕嚕嚕嚕！」

在通道內迴響的吼聲，讓康沃利斯忍不住擺出警戒的架勢。捲髮少女溫柔地安撫想繼續威嚇對方的馬可。

「乖喔，不要叫。沒事的。」

在她的安撫下，巨魔的怒氣逐漸平息。康沃利斯皺起眉頭。

「……野蠻的禽獸。按照比賽規定，使魔應該不能參戰吧？」

「真失禮，我才不會叫他攻擊你們！我們本來只是在悠閒地散步，是你們自己突然跑來找碴吧！而且我根本就沒參加那場比賽！」

卡蒂反駁自己根本沒有那個意思。費伊輕輕嘆了口氣，對一旁的康沃利斯說道：

「冷靜點。對方沒打算參與戰鬥。」

「我知道啦。只是牽制一下而已。」

康沃利斯毫不愧疚地說道。在話題往奇怪的方向發展前，奧利佛提出自己的意見。

「我們沒打算違反規則……要在這裡打嗎？」

「沒錯，但我有個提議——來二對二怎麼樣？」

康沃利斯自信滿滿地說完後，將手放在身旁男子的肩膀上。

「我要和他——費伊一起戰鬥。你們也隨便挑兩個人參戰吧。」

「——原來如此，來這招啊。」

雪拉像是明白對手為何如此提議般點頭，重新轉向同伴。

「他們提議進行搭檔戰。奧利佛，奈奈緒，你們覺得怎麼樣？」

「好像很有趣！」

「呃，稍等一下……雪拉，妳認識那兩個人很久了嗎？」

奧利佛先向雪拉確認，縱捲髮少女點頭回答：

「就跟你想的一樣，他們的關係接近主從。就我所知，他們從以前就一直在一起，所以應該很有默契吧。」

「是對手擅長的領域啊。那贊同這個提案並非良策……」

「沒錯。不過——你不覺得有趣嗎？用我們一起度過的半年，去挑戰那兩人共度的歲月。」

雪拉露出無畏的笑容。奧利佛理解似的苦笑。刻意挑戰對手最棘手的部分，這種大膽的作法確實符合她的性格。

「的確……那麼，妳和奈奈緒一組好了。Ms.康沃利斯似乎期待和妳交手——奈奈緒看起來也很有興趣。」

奧利佛說完後看向旁邊。如他所說，東方少女的眼神已經變得閃閃發亮，滿心期待與強敵對決。雪拉將她迫不及待的樣子視為回應，悠然地轉向位於坡道上方的兩人。

「我們接受二對二的提案，由我和奈奈緒參戰。」

雙方就此達成合意。康沃利斯露出不懷好意的笑容。四人同時將手伸向杖劍——

「以雜碎來說算是不錯的主意——我也來加入吧。」

此時突然響起一道男性的聲音，吸引了所有人的注意力。

「三對三。Ms.麥法蘭，妳不覺得這樣比較有趣嗎？」

「約瑟夫・歐布萊特……？」

康沃利斯轉過身，驚訝地喊出對方的名字。那裡站了一個全身散發自信與魄力的高大男學生。奧利佛的表情變得更加險峻——雖然能從領帶的顏色看出對方也是一年級生，但他給人的感覺實在不像同輩的人。

縱捲髮少女凝視著站在康沃利斯他們後面的男學生，開口說道：

「……Mr.歐布萊特，你總算出現了。」

「那也是雪拉認識的人嗎？」

「不，我也知道這個姓氏。歐布萊特……是非常有名的家族，以出了許多武鬥派魔法師聞名。」

在說話的同時，奧利佛想起幾個和這個姓氏有關的危險傳聞。雪拉點頭附和：

「正因為是尚武的家系，他們家的教育方式和其他學生在根本上就不同。就算說他是最強一年級生的最有力候補也不為過。」

雪拉也是名家出身，她的話非常有分量。另一方面，康沃利斯和費伊也謹慎地將手伸向杖劍，轉向出乎意料的攪局者。

「……三對三？你要和我們組隊嗎？」

「二對二對一比較好嗎？如果喜歡亂鬥，我也不介意那麼做。」

歐布萊特囂張地說道，像是在表達根本就不在乎人數劣勢。他將視線從皺起眉頭的康沃利斯身上移開，看向更前面的兩人。

「Ms.麥法蘭和女武士，你們打算怎麼辦？加上剩下那個雜碎，你們也是三個人吧。如果覺得與我為敵沒有勝算想逃跑，那也沒辦法。」

說著說著，歐布萊特看向奧利佛，從喉嚨發出嘲弄的聲音。雪拉的眼神變得更加銳利，開口質問對方：

「……給我等一下，你剛才說誰是雜碎？」

「妳這樣問我很困擾。我又不會一一去記雜碎的名字，只能說就是站在妳旁邊的雜碎。」

歐布萊特聳肩，連續喊了好幾次「雜碎」。就在雪拉打算要求對方撤回發言時，奧利佛親自將手放在雪拉的肩膀上。

「雪拉，不用擔心——被人單方面奚落不是我的風格。」

他以堅定的語氣說道，這句話就是奧利佛從觀戰轉為參戰的信號。少年往前踏出幾步，與雪拉和奈奈緒並肩站在一起，用銳利的眼神瞪向三名對手。

「我們接受三對三的團體戰。採用能施展咒語的綜合戰好嗎？」

「等一下！我們還沒有答應——」

「不，等等。」

出乎意料的展開，讓康沃利斯慌了手腳，一旁的費伊對少女耳語道：

「……妳仔細想想。歐布萊特的目標是武士，妳的目標是Ms.麥法蘭。如果能讓歐布萊特去對付武士，我們會比較有勝算。」

「唔……」

康沃利斯聽了費伊的意見後，陷入沉思。歐布萊特對兩人的對話毫不關心，直接開口：

「隨你們高興吧，但我要加上兩條規則。

首先是不殺咒語只施展一半，再來是分出勝負後，倖存者可以拿走輸家的所有徽章。這個條件如何？」

這個出乎意料的條件讓奧利佛皺起眉頭。歐布萊特接著說明：

「沒什麼關係吧？明明早早就落敗，卻還想利用隊伍的勝利取得徽章，在我們當中應該沒有這麼恬不知恥的人吧。想要獎勵就活到最後，事情就是這麼簡單。」

「……講是這樣講，你該不會是想在戰鬥時從背後偷襲隊友吧？」

「如果擔心這個，可以加上禁止內鬥的規定。我完全不在意——只要不需要和派不上用場的隊友分享勝利就好。」

即使面對康沃利斯的質疑，歐布萊特仍不改傲慢的態度。由此可以看出他一點都不信任隊友。奧利佛沒有和另外兩人商量，就直接以僵硬的語氣回應：

「關於要怎麼分配徽章，只要讓隊伍各自決定就好，沒必要干涉彼此。無論過程如何，我們這邊都打算平分徽章。」

「哈。真是符合雜碎的溫吞作法。」

歐布萊特以瞧不起人的態度說完後，就開始走下坡道。

「算了，跟我來吧。我帶你們去戰場。」

「跟你走？你怎麼可以擅自決定——」

「難道你們想六個人擠在這條狹窄的通道戰鬥嗎？閉上嘴，跟我走就對了。」

歐布萊特沒有停下腳步直接駁回抗議。雪拉以嚴厲的聲音，對逕自從自己旁邊通過後還繼續往坡道深處走的對手喊道：

「等等，Mr.歐布萊特。你該不會想在第二層打吧？」

「走去競技場太麻煩了。第二層多的是開闊的空間。」

「太危險了！如果只有我們也就算了，但我們還有其他同伴！」

「那就讓他們回去。妳以為這裡是哪裡？魔法師的戰鬥原本就不是能夠安全觀賞的東西。」

說完後，歐布萊特朝背後投以恐嚇般的視線。儘管從頭到尾都表現得十分傲慢，但他這麼說並沒有錯。稍微思索了一會兒後，縱捲髮少女重新轉向同伴。

「接下來會很危險。卡蒂，你們先回據點……」

「不會回去喔。」「呃，怎麼可能回去啊。」「我沒打算回去。」

卡蒂、凱和皮特異口同聲地駁回雪拉的提案。三人在驚訝的雪拉面前互望彼此。

「等見證那個傢伙被打得慘兮兮後，我們就會回去。凱和皮特也這麼想吧？」

「是啊。不用擔心，我們會自己保護自己。」

「我比你們還想和Ｍｓ．康沃利斯戰鬥……雖然我知道自己現在不是她的對手，但至少讓我觀戰吧。」

「嗚——放心。我會，保護大家。」

在三人表達完自己的意見後，巨魔也跟著表示會擔任護衛。費伊側眼看向他們的互動，笑著說道：

「……那邊朋友很多呢。」

「費伊，你很吵耶！」

康沃利斯激動地喊道，費伊聳肩回應後，兩人也追著歐布萊特走下坡道。奧利佛等人也在互相點頭後，一起跟了上去。

歐布萊特帶頭，康沃利斯和費伊跟在他後面，再後面是奧利佛等人。彼此保持微妙的距離走了約十分鐘後，周圍的空間一口氣變得開闊。

「這裡是第二層——通稱『喧鬧之森』。除了我以外，其他人都是第一次來嗎？」

第一個踏入這裡的歐布萊特攤開雙手展示周圍。並非單純來到寬廣的地方，這裡的氣氛明顯和剛才不同。石造地板被換成土壤和草地，上面還長了許多樹木，充滿了濃濃的生命氣息。圓頂狀的天花板離地面十分遙遠，搭配廣闊的空間，讓一行人體驗到在第一層絕對感受不到的解放感。

「雖然有人說一年級就潛入這層是自殺行為——但那是凡人的標準，不適用才能超出正常範疇的人。武士，妳也這麼認為吧。」

歐布萊特正面看向奈奈緒說道。奧利佛瞇起眼睛——即使將自己貶低為雜碎，他卻對奈奈緒和雪拉抱持著某種同類意識。嚴格地將人分成天才與凡人，就是這個對手的價值觀吧。

因為不想一直配合歐布萊特的步調，康沃利斯試著搶回主導權：

「Mr.歐布萊特，擅自指揮別人也要適可而止——這是我們的戰鬥。雖然被迫讓你加入，但你可別扯我們的後腿。」

「隨你們高興，但武士必須歸我。」

歐布萊特表示只有這點絕對不能讓步。等參加戰鬥的六人抵達寬廣空間的中央，所有人也互相施展完不殺咒語後，他從懷裡掏出一枚硬幣。

「那麼——開始吧。」

他用手指彈起硬幣。隔了一段距離觀戰的凱、卡蒂和皮特，一齊露出緊張的表情。在飛向空中的硬幣轉為落下的瞬間，所有人都將手伸向杖劍——

「——呼！」

奧利佛在硬幣落地的同時衝了出去。與他直線距離最近的是費伊——但少年大膽地在費伊面前轉彎，站到歐布萊特面前。

「——哼？」

「我說過了，被人單方面奚落不是我的風格。」

奧利佛側身與對手對峙，充滿鬥志地宣告。該由誰負責對付這個男的——即使不用特別說出口，奈奈緒和雪拉也明白他的意思。

「Mr.歐布萊特，你的對手是我。等這場戰鬥結束後，我會讓你記住我的名字。」

「——哈。別開玩笑了，雜碎。」

相較之下，歐布萊特則是擺出右手上段的架勢。這是一種高舉杖劍向對手施壓，暗示在兩劍交鋒前就會先擊敗對方的架勢。因為奠基於屹立不搖的自信，所以是典型的「強者的架勢」。

「……呼——……」

奧利佛正面面對實力在一年級中算是頂尖的對手。即使很在意那邊的狀況，雪拉仍將精神集中在自己的戰鬥上。她正面看向康沃利斯和費伊的組合，向一旁的東方少女說道：

「奈奈緒，這是我們第一次搭檔戰鬥呢。」

「嗯。終於能見識到雪拉大人的劍術了。」

「呵呵——我不會讓妳失望的。」

做出這樣的約定後，她翻轉手腕將手往內收，擺出中段「電光」的架勢——對注重刺擊的利森特流來說，這可以說是最有代表性的架勢。察覺雪拉開始認真後，奈奈緒也跟著雙手握刀擺出上段的架勢。

「……喂。歐布萊特那傢伙，好像對上了霍恩耶。」

「抱歉，我沒想到霍恩會主動挑戰他。」

「我說你啊！」

才剛開戰就發現預測失誤，讓康沃利斯向一旁的費伊抱怨——但與這個反應相反，兩人的架勢都沒有一絲動搖。一人擺出和雪拉一樣的「電光」架勢，另一人擺出下段的「地雷」架勢。即使同樣是利森特流，兩人的用劍方式明顯有很大的不同。

「別叫了，既然事情都發生了，那也沒辦法——要怎麼打？去支援歐布萊特，先從霍恩開始收拾嗎？」

「……算了。反正只是恢復原本的預定。米雪拉由我們來打倒。不用去管歐布萊特。反正他也沒打算配合我們。」

轉換好心態後，康沃利斯將精神集中在眼前的戰鬥——她從一開始就不期待歐布萊特的戰力。她依靠的就只有自己，以及一起共度大半人生的少年隨從。

「要上囉，費伊。你先去壓制那個武士。」

「了解。雖然要壓制她有點辛苦——唉，我會盡力而為。」

費伊輕鬆答應後，用銳利的眼神凝視奈奈緒。縱捲髮少女也朝散發強烈鬥志的少女踏出一步。

「Ｍｓ.康沃利斯，上次和妳交鋒，不曉得是多久以前的事情了——」

「誰知道啊。我才不想和妳說話。」

康沃利斯明確地表示拒絕，讓感到失落的雪拉表情變得黯淡。

「妳果然很討厭我……可以告訴我理由嗎？」

「……說了妳也不會懂。」

康沃利斯冷淡地終結對話，雪拉也沒繼續問下去，兩人默默拉近距離——

「——喝啊！」

在進入一步一杖距離的瞬間，康沃利斯像一支飛箭般衝了出去。雪拉用劍身架開對方的刺擊，嘴角露出強悍的笑容。

「不錯的刺擊。那麼——換我出招了！」

伴隨著這道宣言，雙方接連施展的刺擊爆出火花。用最小限度的動作架開對手的刺擊後，直接反過來刺向對手，她們就這樣在幾秒內刺出了超過十劍。兩人的劍術華麗且精妙，而且契合到令人驚訝的程度。互不相讓的激烈攻防，讓奈奈緒發出讚嘆。

「喔喔，真美——是同門之間的鬥爭呢。」

「畢竟是有段因緣的對手。雖然Ms.麥法蘭應該不這麼覺得。」

費伊如此嘆道。面對即將交鋒的對手，他看起來並不像康沃利斯那麼有鬥志，只是讓劍尖不斷晃動。

「我還沒報上名號吧——我是康沃利斯的看門狗，費伊·威爾諾克。開打前我先跟妳道歉。奈奈緒·響谷，這邊的戰鬥應該不會多有趣。」

「嗯？這是什麼——」

「**瞬間爆裂！**」

費伊單方面終止對話，朝地面放出爆裂魔法，用捲起的沙塵隱藏自己的身影。判斷對手是想先混淆視線，奈奈緒慎重地擺出正眼的架勢準備迎擊——

「……？」

然而不管再怎麼等，對方都沒有發動攻擊。等沙塵散去且視野恢復後，她才看見——費伊已經移動到樹叢裡，隔著好幾棵樹與奈奈緒相對。

「就是這個意思——我很膽小，完全不打算和妳正面對砍。」

「……原來如此。那麼，就是要玩鬼捉人了。」

奈奈緒如此解釋對手的戰鬥方式，重新將刀側舉衝了出去。

康沃利斯發動猛攻，雪拉加以迎擊；費伊迴避近身戰，奈奈緒努力縮短距離。另一方面——剩下那組的戰況和他們完全不同。

「**烈火燃燒**！」

「**冰雪狂舞**（弗力古斯）。」

熱波與冷氣互相衝突，不到一秒的時間，歐布萊特的冰雪就擊潰了火焰，但奧利佛已經不在剛才施展咒語的地方。「保持移動」是咒語戰的基本。奧利佛遵循這個原則，在發動咒語的同時閃躲對方的攻擊。

「呼……！」

隔著約十碼的距離與敵人對峙時，奧利佛毫不猶豫地跑了起來，並在跑到第三步和第六步時施展領域魔法，瞬間讓腳底的地面角度與摩擦產生變化——拉諾夫流魔法劍・地之型「欺瞞地面（ghost ground）」。他配合步法，讓對手無法預測自己奔跑的路線。

「**分隔阻擋**。」

歐布萊特毫不猶豫地對腳底的地面施展咒語，升起約兩英尺高的牆壁阻擋對手前進。奧利佛暗自感到佩服。「欺瞞地面」是只有腳接觸地面時才能使用的招式，但遇到障礙物時只能「跳躍」，讓奔跑時的迷惑效果大打折扣。

奧利佛瞬間做出停下腳步只會正中對方下懷的判斷——既然非跳不可，「就只能從中增加選項」。

「喝啊！」

在即將抵達矮牆的瞬間，他盡可能增加腳底地面的彈性，借用這份彈力一口氣跳到超出對手預期的高度，「整個人在空中縱轉一圈」。

「唔——」

拉諾夫流魔法劍．空之型「斬首風車（windmill）」。在通過敵人頭頂的同時砍下首級的奇襲招式。歐布萊特完全捕捉不到跳上高空的奧利佛的身影。

「——哼！」

但他沒有犯「跟著往上看」的失誤，立刻彎下腰。那一劍在與歐布萊特的脖子差之毫釐的距離揮空後，奧利佛在敵人背後著地——

「**雷光奔馳！**」

歐布萊特立刻朝自己背後放出雷擊咒語。雖然他連頭都沒回就趕緊瞄準對手著地時的破綻，但奧利佛仍從容地跳到旁邊閃開……像「斬首風車」這種大動作的招式，最重要的就是施展完後要立刻恢復姿勢。必須要不斷練習到能穩穩著地並立刻閃避，這個招式才能真正運用在實戰上。

「——哼，原來如此。」

奧利佛再次側身面對對手。歐布萊特用杖劍擺出上段的架勢，像是覺得無趣般說道：

「果然是凡夫俗子。只有無聊的技巧特別多，劍和咒術都沒有強大的絕招。你以為能靠這種雜要招式擊潰我嗎？」

「Mr.歐布萊特，這種話還是等你打倒我後再說吧。」

奧利佛在反駁的同時想著——這個對手確實不好應付，但他在這段攻防當中已經做好準備。

「——呼。」

歐布萊特在往前踏的同時揮下杖劍，奧利佛也跟著正面迎擊。少年使用的是拉諾夫流魔法劍的高等技巧「遭遇之瞬」——讓魔力在劍上產生迴旋，趁刀鋒相接的瞬間干涉敵人攻擊的軌道，使對手的斬擊稍微偏移。

但原本應該砍中敵人的斬擊，因為遭到「同樣性質的干涉」而偏離目標。

「——唔！」「——哈。」

奧利佛立刻重新退回一步一杖的距離。眼前的歐布萊特，露出嘲弄的笑容。

「利用變化多端的技巧和咒語分散對手的注意力，再從正面用『遭遇之瞬』砍倒對手。這就是你的取勝方法嗎？」

「………」

即使保持沉默，奧利佛仍在內心驚嘆——不僅被看穿，對方還刻意「配合自己的招式」，這和之前碰巧和奈奈緒使出相同招式不同，敵人是事先就看穿了我方的意圖。奧利佛入學以來第一次遇到這種狀況，而且沒想到對手還是同年級的學生。

「真是無聊的戰鬥方式。即使同樣是雜碎，羅西的打法還比較有看頭。他的劍術自成一格，但你的劍完全沒有個人特色，全都只是從拉諾夫流的教科書延伸出來的東西。」

「…………」

「真是可悲。你的這條路，究竟能夠抵達哪裡？頂多和過去的凡夫俗子一樣在半路就曝屍荒野。雖然你這種人最適合因為不自量力而死——」

奧利佛沒等對方說完就發動攻擊，歐布萊特立刻迎擊，但在他視線的高度突然雷光一閃——拉諾夫流魔法劍．空之型「炫目鬼光（flash wisp）」。利用瞬間的閃光混淆敵人的視線，製造破綻。

「無聊。」

歐布萊特一笑置之——別說是閉上眼睛了，他的眼睛連瞇都沒瞇。他的瞳孔瞬間對強光進行調整，清楚地看見奧利佛橫向揮出一刀。歐布萊特輕鬆接下瞄準自己臉部的一刀——

「——唔？」

然而接招的杖劍也一起被「壓制」。歐布萊特擋不住這道比想像中還要沉重的攻擊，讓敵人的劍尖劃過自己的臉頰——拉諾夫流魔法劍高等技巧「沉重羽毛（heavy feather）」。透過控制體內的重心，使出比外表看起來還要沉重的斬擊。「炫目鬼光」只是誘餌，這才是奧利佛真正的攻擊。

「被教科書劃傷臉囉。Mr.歐布萊特，有什麼感想嗎？」

「——你膽子不小啊。『混帳雜碎』。」

歐布萊特一察覺臉上在流血，就露出猙獰的笑容。那個表情讓奧利佛不得不意識到——與這個對手的戰鬥，接下來才真正要開始。

「奧利佛先下一城了……！」「很好！快點收拾掉那個傢伙！」

凱、皮特、卡蒂和巨魔隔了一段距離，觀望三組人馬的戰鬥，但在兩位少年熱衷於同伴的戰鬥時，只有卡蒂凝視著這個寬廣空間的天花板。

「…………」

「？喂，卡蒂，怎麼了。妳也來幫忙加油啦。這次的對手好像是個強敵喔。」

「……嗯，可是，這地方讓我覺得有點在意……」

捲髮少女在說話的同時也持續左右張望，然後重新轉向凱。

「……凱，你可以幫個忙嗎？只是保險起見。」

絕對不較量劍術。這是費伊．威爾諾克在開戰前做的決定。

他將樹木當成障礙物，絕對不讓對手靠近，全力保持距離並找機會用咒語攻擊。雖然是消極的戰術，但面對魔法劍實力遠勝自己的對手，這是理所當然的行動，就算用穩健來形容也不為過。

不過——戰鬥開始後才一分鐘，費伊就發現面對超乎尋常的對手，就連這種堅實的戰術都會變成不切實際的空談。

「——唔喔……！」

費伊驚險地躲過一道斬擊。才剛勉強躲過一擊，對手就立刻反手朝脖子揮出下一刀，讓費伊甚至連喘口氣的時間都沒有。奈奈緒持續砍斷妨礙自己前進的樹木緊追著費伊，一秒都不讓他休息。

在連反擊的機會都沒有的情況下，費伊很快就面臨極限。他因為被樹根絆到而停下腳步，奈奈緒也沒有放過這個破綻展開追擊。費伊用左手抵住劍身，勉強接下一記瞄準身體的橫向斬擊——

「呃……！」

即使沒被直接砍到，仍無法完全抵銷那股威力。費伊的身體被對手的刀刃往上抬，等奈奈緒將刀揮到底時，他已經一口氣被打飛到樹林外。

「——唔，呼……！」

費伊驚險地在空中恢復姿勢著地，嘴角露出僵硬的笑容——連爭取時間都沒辦法。究竟有誰想像得到，在同年級裡居然會有這麼誇張的對手。

「費伊，你在幹什麼！」

康沃利斯暫時從與雪拉的戰鬥抽身，前來支援陷入危機的費伊。她用刺擊牽制想給費伊最後一擊的奈奈緒，讓同伴去應付從後面追過來的雪拉。

這個緊急的配合，勉強讓戰況恢復膠著，兩人背靠背交談：

「——抱歉，比想像中還棘手。」

「真沒用，至少也撐個兩分鐘嘛。」

抱怨歸抱怨，康沃利斯並沒有嘴巴上講的那麼生氣……因為他們早就知道奈奈緒・響谷是個無法用一般標準衡量的對手，以及很難一對一擊敗雪拉。至今的發展，都只是用來確認這點。

「我沒辦法壓制她──『繼續這樣下去』是贏不了的。」

「……………」

因此對他們來說，接下來才是真正的戰鬥。兩人靜靜下定決心，交換了一個眼神。

「……費伊，你會讓我贏吧？」

少女靜靜問道，少年的腦中瞬間浮現出某段回憶。

──因為在與人類的鬥爭中失去雙親，一隻小狗四處徘徊，最後流浪到這裡。

小狗拖著還不成熟的身體，不曉得自己能去哪裡，他的家園已被燒毀，也失去了歸屬的族群。靠啜飲雨露解渴，靠獵捕野獸充飢──不曉得多少日夜，他都是像這樣苟延殘喘。

等回過神時，終點已經近在眼前。人類的魔法師用看著垂死害獸的視線，將魔杖指向這裡，而他只能以疲憊的眼神看回去……手腳已經使不出力，也沒有力氣抵抗。

──劣質的雜種根本沒有飼養的價值。我現在就讓你解脫。

人類魔法師自以為慈悲地單方面宣告死刑，小狗只希望對方快點動手……他能夠忍受飢渴，但唯獨無法忍受孤獨的寒冷，心裡只想盡快離開這個冰冷的世界。

終於能結束了。他抱著這樣的想法閉上眼睛——此時，突然有道人影擋在他面前。

——請等一下，父親大人。

原本充滿放棄念頭的內心，第一次感到困惑……那個背影是人類的少女。對方看起來不到十歲，有著一頭金色的秀髮。她正為了保護他，阻擋在男子的魔杖前面。

——我正好想要一個隨從。這孩子就由我來照顧。

——別說蠢話了。如果想要隨從，我會幫妳找個家世良好的人。

男子的聲音充滿困惑。少女搖頭，直接轉向他。

——不，父親……我想要這孩子。

少女跪在地上將身子湊了過來，用藍色的眼睛凝視著他——他瞬間感到能夠理解。即使不曉得少女的名字，還是能從眼睛深處窺見對方的內心。那是和自己一樣孤獨的顏色。

他舉起消瘦的手臂握住少女的手——從這個瞬間開始，他再也不孤獨了。

「——這還需要問嗎？妳是我的飼主吧，呼——」

費伊．威爾諾克將手伸向項圈，如此說道……過去少女曾經對自己伸出手。他在回應那隻手，貼近她孤獨的瞬間，就決定了自己的生存方式。

「不用猶豫，直接命令我吧——命令妳的看門狗，撕裂敵人的喉嚨！」

他以堅定的聲音催促少女。這句話讓康沃利斯下定決心，將右手的白杖高舉過頭。

「——滿月浮現（露娜普蕾娜）——」

伴隨著少女編織出的咒語，他們的正上方浮現出一顆宛如月亮的藍白色光球。沒有天空的迷宮裡，出現了短暫的月夜。

「——嘎啊啊啊啊啊啊！」

「——？」

聽起來像慘叫的咆哮響徹周圍。下一個瞬間，雪拉驚訝地睜大雙眼——費伊的外表逐漸改變。從內側膨脹的肌肉撐破襯衫，體表長出濃密的黑毛，手腳生出銳利的爪子，突出的下顎內露出肉食動物的獠牙。因為連骨骼都直接產生變化和擴張，讓他的身高超過了六英尺。

「……雪拉大人，那是……」

奈奈緒在看見對手的變化後如此問道。縱捲髮少女只用一個詞彙回應。

「……狼人（werewolf）……！」

兩人緊張地說道，費伊在她們面前化為黑毛的狼人。狼人往前彎腰，康沃利斯跳到他背上，抓著背上的毛穩定姿勢。她嬌小的身軀幾乎都藏在費伊背後，只露出頭部和右手的杖劍。

「……要上囉，費伊！」

「嗚嚕喔喔喔喔啊啊啊啊啊啊啊啊！」

狼人回應主人的命令，在發出咆哮的同時衝了出去。奈奈緒舉刀迎擊，雪拉也開始詠唱咒語。

「喝啊啊啊！」

同一時間，奧利佛正面對敵人怒濤般的連續攻擊，陷入只能防守的困境。

「唔……！」

歐布萊特一開始認真，用劍的方式就完全改變。他不再玩樂似的等對手出招，每一道斬擊都蘊含著即使被確實擋下，也能讓對方的手麻痺的魔力，完全不給人反擊的機會。

因為覺得這樣下去不妙，奧利佛下定決心往前縮短距離。雙方維持兩劍相抵的姿勢停止動作——此時，歐布萊特剛好看見雪拉他們的戰鬥，並發現費伊已經變身，以及少女正從他背後施放咒語。

「——哼？原來康沃利斯的隨從有狼人的血統。她比我想的還要能幹呢。」

歐布萊特如此低喃，然後重新看向奧利佛輕笑道：

「你難道不想去幫同伴嗎？我不介意你用這個當藉口逃避與我的戰鬥喔。不需要覺得羞恥。畢竟從一開始就是團體戰。」

面對這個明顯的挑釁，奧利佛在交叉的雙劍對面靜靜開口：

「……我無法用不存在的事情當藉口。」

「嗯？」

「奈奈緒和雪拉不需要支援。雖然確實沒想到會出現狼人，但光這樣還不足以擊敗那兩個人。而且——我也沒理由要逃避你。」

奧利佛在說話的同時，將力量灌注到握劍的右手，把對手推了回去。

「實際跟你交鋒過後，我發現一件事——Mr.歐布萊特，你並不像自己嘴巴上說的那麼有自信。」

「…………」

「『你的話語缺乏攻擊性』。不可思議的是，從你身上感覺不到像之前的Mr.安德魯斯那樣強烈的自尊。將別人貶低為雜碎的口吻也一樣，看似傲慢卻又略顯死板。雖然不知道這樣形容正不正確……但你簡直就像是『基於義務在鄙視我』。我說的沒錯吧？」

「……閉嘴。」

歐布萊特簡短打斷對話，再次發動猛攻。他的連續攻擊讓奧利佛無暇反擊，只能持續防守。就在攻防的比例變得十分極端時——

「**冰雪狂舞！**」

已經準備萬全的歐布萊特，在「揮劍的同時」詠唱咒語。他用力壓制奧利佛用來接招的劍，同時在劍尖發動冰結魔法——彷彿連頭蓋骨都能凍結的冷氣，化為純白的暴風雪襲向敵人的臉。他在這個瞬間確信自己贏了——

「——零距離詠唱。這就是你的決勝招式嗎？」

「？」

從暴風雪中傳來的聲音，讓歐布萊特大吃一驚——在剛才接招的瞬間，奧利佛用左手抓住對手的手腕，讓放出的魔法稍微往旁邊偏移。少年因此避免被直接擊中，歐布萊特用來分出勝負的魔法只凍到他的右耳。

「瞄準我放棄進攻的瞬間，在劍的攻擊範圍內施展魔法。這種無視理論又需要高等技術的強硬手段，我實在是模仿不來——」

奧利佛在分析對手招式的同時，加重抓住手腕的力道。

「但即使是像我這種凡人，也能刻意假裝放棄進攻，引誘你這麼做。」

「你這傢伙……！」

在手腕被抓住的瞬間，歐布萊特也立刻抓住對手的右手腕。像這樣兩人糾纏在一起，在魔法劍的領域裡算是最糟糕的纏鬥形式之一。

「這樣就進入比劍的攻擊距離還要近，魔法師最討厭的距離了——這個距離下的攻防，你又了解多少呢？」

奧利佛靜靜問道。歐布萊特的嘴角憤恨地扭曲。

「……光是拉近距離就以為自己贏了嗎？你這雜碎……」

他的眼神像是在說無法容許對手繼續侮辱自己。歐布萊特壓低重心，大聲吼道：

「——別太小看歐布萊特了！」

「中了對手的計」。雪拉在閃躲敵人的爪牙與咒語時，領悟到這個事實。

康沃利斯將狼人強韌的肉體當成盾牌，從後面施放魔法——這在這時候算是一種強力戰術。即使背著一個人，狼人的行動依然敏捷，而且也沒軟弱到只靠幾發單節咒語就能打倒。無論用魔法還是用劍，都不容易擊敗這個組合。

「喝啊啊啊啊啊！」

被澄澈魔力染成純白的頭髮持續晃動，東方少女正面迎戰這個威脅。雙方互不退讓，刀刃與利爪每次碰撞都會濺出火花。

雪拉在配合少女戰鬥的同時，自責地想著——這個敵人本來應該不會是奈奈緒的對手。

狼人確實不好應付，但再怎麼說都不可能比紅王鳥強。既然奈奈緒的刀法足以斬殺那隻可怕的魔獸，那費伊照理說應該早就被擊敗了。實際上，奈奈緒在剛才的戰鬥中已經砍中費伊好幾次，那些攻擊「原本應該會造成致命傷」。

即使如此，最後還是都只在費伊身上留下淺淺的傷口。雪拉知道造成這種不合理現象的原因。那就是雙方在戰鬥前對彼此施展的魔法——不殺咒語。

就算只施展一半，還是會限制杖劍的殺傷力。這次的狀況是變得無法造成「足以致死的重傷」。當然，這樣還是能砍人和讓人流血。即使不會致死，依然能造成嚴重到讓人無法繼續戰鬥的傷害──「前提是人類的身體」。

「嗚嚕喔喔喔喔喔喔喔喔！」

這就是敵人的策略。對雪拉和奈奈緒的杖劍施展的不殺咒語，是以費伊的「人類型態」為標準。他變身後，身體構造也會跟著變化，特別是傷口的復原能力會爆發性地提升。結果就是──即使是能對人類造成重傷的攻擊，也無法讓現在的費伊受重傷。

「……唔……！」

雪拉因為察覺自己的失誤而咬緊嘴唇──自己在戰鬥開始前就應該要發現的。

如果是在校舍進行的那種有裁判的決鬥，就絕對不會發生這種事。因為那樣從一開始就會施展完全的不殺咒語，由裁判判定攻擊是否有效。不對，在那之前，除非有事先申請，否則裁判不會允許費伊變身成狼人。狼人型態的費伊別說是詠唱咒語了，就連杖劍都沒辦法拿。即使不考慮不殺咒語的事情，按照魔法師的決鬥禮節，他們的作法明顯是「犯規行為」。

但他們現在人在迷宮裡。即使在校舍裡算犯規行為，到了這個沒有人會指責的地方就會變成出色的戰術。如果是高年級生看到這樣的狀況，一定會毫不猶豫地說──「是會中這種計的人太愚蠢」。

「唔……！」

奈奈緒揮出原本足以斬斷費伊手腕的一刀，但又再次只造成輕傷就被對手彈開。康沃利斯在同一時間從背後放出雷擊咒語，雪拉也以相同的咒語掩護。兩個魔法互相抵消爆出火花，東方少女趕緊往後跳，逃離危機。

「──怎麼樣，米雪拉！束手無策了吧！」

確信自己占據優勢的康沃利斯，得意地喊道。她的聲音因為興奮而顫抖。沒錯──她等這一天已經不曉得等了多久。

「這就是我們！我才不管什麼分家不分家，我已經不是妳的備用品了！我要在這裡戰勝妳，超越妳！這麼一來，叔叔一定會認同我……！」

康沃利斯說出長年煎熬她內心的願望。雪拉一聽，就露出悲痛的表情。

「……Ｍｓ．康沃利斯，妳真的幹得很漂亮。」

因為沒想到雪拉會反過來稱讚自己，康沃利斯疑惑地皺起眉頭。

「這不是諷刺。為了營造出這個戰況，你們一定思考了很多。用盡各種手段也要取得勝利……在這種一心一意的態度上，我確實輸給了你們，讓我對自己的驕傲和怠慢感到十分羞愧。」

縱捲髮少女反省似的說道，但她立刻正面凝視對手。

「但即使如此，我還是要說──Ｍｓ．康沃利斯，『現在立刻叫妳的搭檔解除變身』。」

雪拉以真摯的表情如此說道，讓康沃利斯瞬間僵住──因為那句話既不是出自憤怒，也不是出自憤恨，純粹只是在擔心他們而已。

「……妳說什麼……」

「別再裝傻了……妳才是最痛苦的人吧。」

雪拉靜靜搖頭，將視線從少女轉到狼人化的費伊身上。

「現代魔法界並未承認狼人這個物種的人權。既然能以學生身分就讀金伯利，就表示Mr.威爾諾克並非純血的狼人。他是人類血統超過一半的混血……半狼人吧。」

「……………」

「即使能夠一起產下子嗣，人類與狼人在物種上的契合度並不高。因此半狼人的身體通常會有些缺陷。其中最具代表性的，就是變身時會產生難以忍受的劇痛……」

雪拉像是看不下去般，以痛苦的表情指出這點……沒錯，她非常清楚。無論是從牙縫間洩漏出來的低沉吼聲，還是震耳欲聾的野獸咆哮聲，背後代表的都不是只有鬥志。

從那些聲音同樣能夠感受到無論戰鬥時的情緒再怎麼高昂，都無法完全掩蓋的痛苦……無論是在虛幻的月亮底下讓筋骨產生改變、驅使變異的身體戰鬥，還是像現在這樣讓受傷的身體急速復原的時候——他都一直在忍受著與嚴刑拷打無異的劇痛。那種感覺，就像是有無數的荊棘在體內爬動。

「據說正因為如此，許多半狼人一輩子都不會變身……Mr.威爾諾克就連現在這個瞬間，都在承受只要稍微鬆懈就會發狂的劇痛。區區一年級生之間的比試，有必要讓搭檔承受這種痛苦嗎？」

「——————」

這是雪拉超越敵我立場提出的忠告，但康沃利斯一聽見這段話，從心裡湧出的感情就瞬間失控，讓她的視野變得一片空白。

——吶，費伊……為什麼父親都不稱讚我？

浮現在她眼前的，是過去曾多次目睹的光景。父親與姊弟們笑著玩耍。然而就像是隔了一面看不見的牆壁般，少女只能遠遠眺望。她和擔任隨從的少年一起佇立在原地，不被允許加入那副景象。

——我愈是努力，愈是在學習上有所表現，父親就愈痛苦。無論再怎麼努力，父親都不會對我笑……

她只是希望父親能對自己展露笑容。希望他能像對其他姊弟那樣，用那隻手摸自己的頭……為此，她非常努力。她比其他姊弟都還要認真修練，並總是做出特別出眾的成果。然而——這些行動總是只能換來父親沉痛到讓人不忍目睹的表情。

——果然不是真正的孩子就不行嗎？無論再怎麼當個乖孩子，都還是比不上真正的孩子……無法獲得父親的愛嗎？

在察覺這個事實前，她已經花費了太多時間。毫無成果的漫長歲月，讓她的內心變得十分飢渴，就連擔任隨從的少年都無法治癒。

——既然如此。我遲早要取回真正的父親——

她說出自己的願望，少年也點頭表示支持……他在當時立下誓言。直到那天來臨為止，自己都要待在少女身邊。

「——妳懂什麼……」

康沃利斯像是要嘔出血般低喃——兩人總是一起前進，僅僅依靠彼此的體溫，度過了一段像是在冰冷刺骨又沒有盡頭的雪地內流浪的歲月。

兩人好不容易才爭取到這場戰鬥——眼前的對手究竟是基於何種傲慢，將其貶低為「區區一年級生之間的比試」？

「……像妳這種……從一開始就擁有一切的傢伙，又懂我們什麼了！」

伴隨著足以甩開一切的吶喊，兩人再次發動攻擊想讓對手閉嘴。雪拉一時因為無法維持鬥志而變得消極，在躲開費伊的爪子時露出破綻，康沃利斯也瞄準這個瞬間施展火焰咒語——

「喝啊啊！」

奈奈緒在千鈞一髮之際介入，用刀子斬斷火焰再引導到斜後方。她將縱捲髮少女護在背後，低聲說道：

「雪拉大人，妳關心的方式錯了。」

「……咦？」

「在下不清楚你們的狀況，但即使是在下也能明白一件事——那兩人在與我們對峙前就已經做好了覺悟，並在這一戰賭上了自己的存在。」

雪拉倒抽一口氣。明明完全不曉得兩個敵人的背景——奈奈緒卻從一開始就看穿了對方想要贏得這場戰鬥的強烈決心。

「無論是痛苦或煎熬，對方都早在雪拉大人開導前就一清二楚。既然對方早已做好覺悟，那我們如果不全力以赴就太失禮了……在下沒說錯吧？」

這些話比任何斥責都要有效。雪拉像是徹底醒悟般，堅定地回應：

「嗯，沒錯……奈奈緒，一切都像妳說的那樣。」

實際說出口後，雪拉對自己剛才的行為感到極為羞愧……她剛才單方面地關心與自己對峙的敵人，甚至還因為怕對方太痛苦而勸他們投降。到底是以為自己有多偉大。

「Ms.康沃利斯，我為自己剛才的失言謝罪……我不會再要他解除變身了。」

雪拉承認自己的失禮並開口道歉——但她的體貼與溫柔並未因此消失。即使被認為是傲慢，她還是有無法退讓的事物。所以雪拉接著說道：

「相對地，我答應妳——絕對不會讓他痛苦太久。」

「——唔！別太小看人了啊啊啊！」

康沃利斯的憤怒到達頂點，費伊也像是在呼應她般發出咆哮。雪拉舉起杖劍正面承受他們的怒氣，奈奈緒也微笑地站到少女旁邊。

進入纏鬥的距離後已經過了三分鐘，但即使已經過了這麼久，雙方的攻防依然看不見終點。

「……唔……」

「……呃……！」

客觀來看，兩人都沒什麼大動作，但與此相對，兩人的表情都變得比剛才嚴肅許多。手臂的牽制、腳步的移動，以及領域魔法——兩人用盡各種技術，想要「破壞對手的姿勢」。

魔法師纏鬥時的攻防只有一個重點，那就是「如何破壞對手的姿勢，讓用杖劍的那隻手恢復自由」。會用到的是近身戰的肉搏技巧、控制體內重心的技術，以及結合兩者的領域魔法。

「喝啊！」

歐布萊特虛晃一招後，使出摔技。奧利佛立刻在腳邊發動「阻路墓碑」，讓腳步被妨礙的歐布萊特反過來差點失去平衡。

「嘖……！」

「……呼……！」

歐布萊特用力咂嘴。兩人的姿勢都還很穩定，再次恢復膠著狀態。歐布萊特煩躁地抱怨：

「……低俗也該有個限度。你想讓我奉陪這種戰鬥到什麼時候。」

「即使抱怨還是會好好對應，真不愧是你呢。」

奧利佛維持纏鬥的姿勢回了句諷刺，然後繼續說道：

「雖然沒有像你那樣的戰鬥直覺，但我對耐力頗有自信——一起沉到泥沼的底部吧！」

策略完全成功了。康沃利斯在戰鬥中如此確信。

利用不殺咒語封住武士攻擊的策略，以及最大限度利用狼人強韌身體的單方面攻勢。既然對手無法對費伊造成重傷，那就只能瞄準躲在他背後的康沃利斯，但代替她移動的費伊十分敏捷，她自己也持續警戒周圍。無論採取什麼手段，都很難攻擊到她。

「——就用下一擊決勝負吧，費伊！」

「嗚嚕喔喔喔喔喔喔！」

認定敵人已經束手無策後，康沃利斯激勵搭檔替這一戰劃上休止符。兩人衝進雪拉和奈奈緒之間拆散他們，然後立刻讓費伊轉換方向。

「就是現在！」

兩人沒有給對手會合的機會，一起衝向雪拉。雖然這樣會毫無防備地背對奈奈緒，但兩人早就知道她的咒語還沒到實戰水準，只會近距離攻擊。然後——無論雪拉再怎麼厲害，都不可能獨自應付兩人的攻擊。

「米雪拉，這樣就結束了！」

康沃利斯從費伊的肩膀上伸出杖劍大喊。雪拉緊盯著逼近的狼人，靜靜揮動杖劍。

「——雷光傳導（托尼烏魯斯）。」

雪拉詠唱完後放出雷擊魔法。儘管威力看起來很強，但仍無法對康沃利斯造成威脅。費伊強韌的肉體會幫忙擋下那些攻擊，她懷抱著這樣的確信，舉起杖劍專心攻擊——

「……呃？」

「嗚嚕？」

出乎意料的衝擊傳遍全身。康沃利斯的四肢瞬間失去知覺，抓著費伊肩膀的手指也變得無力，就這樣整個人摔落地面。費伊一發現，就立刻停下腳步轉過頭。

「不好意思，在下不能讓你重新背她。」

東方少女嚴肅地介入，不讓他靠近必須守護的少女。狼人的眼神瞬間充滿焦慮，就連原本折磨全身的劇痛都拋諸腦後。

「……嘎！嘎嚕啊啊啊啊啊！」

只能設法硬闖了。費伊下定決心，用自己的爪牙攻擊奈奈緒，但這些攻擊都被少女用刀擊落。只要她還站在這裡，他就一步也無法前進。

雪拉將費伊交給奈奈緒對付，自己看向另一個對手。跌落在地的康沃利斯正好在這時候起身。

「……我改變了咒語的意念（image）。之前是著重貫穿力，剛才的是著重傳導性。也就是會沿著身體表面傳遞的雷擊。雖然對狼人沒什麼效果，但貼在他身上的妳一定會跟著『觸電』。」

「——唔——」

「如果妳有仔細觀察，應該就會發現咒語的質不一樣，也能用對抗咒語抵消……妳太急著分出勝負了。」

「吵、吵……！吵死人了！」

少女像是想要甩開一切般大喊。事到如今——只能靠自己的力量打倒雪拉。既然已經無法和費伊聯手，那就只剩這條路了。康沃利斯靠憤怒讓自己差點絕望的內心振作起來，再次擺出利森特流「電光」的架勢。

「嗯，放馬過來吧。」

雪拉接受對手的挑戰，擺出同樣的架勢。康沃利斯先發制人刺出一劍，以此為契機，兩個同流派的人再次展開激戰。

「嗚、嗚、嗚……！」

然而，雪拉從容地擋下所有攻擊，一步步逼近對手。少女變得愈來愈焦急的眼睛裡，映照出縱捲髮少女毫不動搖的身影。

「變成一個人後，妳的劍路就亂了。雖然能夠體會妳的心情——但妳的內心鍛鍊得還不夠呢，史黛西！」

在攻防之間出現了一瞬間的破綻，雪拉敏銳地看穿那個破綻，刺出決勝負的一劍。

「——喝啊！」

歐布萊特擾亂對手的姿勢想使出摔技，但他的腳步在中途就變得不穩。

「——唔？」

腳底展開的「下沉墓土」纏住他的軸心腳，這是奧利佛施展的反擊。歐布萊特立刻抽出腳，雙方的姿勢再次恢復膠著狀態。

「呼……！」「…………」

和普通人不同，決定魔法師臂力的並非肌肉量，而是在體內循環的魔力。

在這方面，歐布萊特遠比奧利佛有利。他的身體原本就比較強健，所以兩人在臂力上的差距，其實就和魔法威力的差距差不多。單比力氣，奧利佛絕對沒有勝算，這方面的不利也直接反應在纏鬥的攻防上。

即使如此，歐布萊特還是無法破壞奧利佛的姿勢。這表示臂力以外的要素——也就是對手的技術在他之上。

「……唔……」

面對這個令人難以認同的事實，歐布萊特突然想起一句話——如果想跳得比誰都高，就必須先將地面踏得比誰都紮實。

這是拉諾夫流長年流傳的格言。簡單來講，就是教人要「重視地之型」。在地面戰鬥時，「下沉墓土」和「阻路墓碑」在很多情況下都非常好用。比起學會只能在特定狀況使用的絕招，視情況靈活運用這兩招要遠遠實際多了。

奧利佛的戰鬥方式就是在遵循這個理念。鞏固自己的立足點，破壞對手的立足點——簡單來講就只是這樣。但他的技術深奧得可怕。

歐布萊特原本認為對手只是個會靈巧地耍些小手段的傢伙，但事到如今，他不得不改變想法——豐富的技巧並非對手的本質，這個對手真正可怕的地方，在於對自己使用的各種技術和技巧理解得極為深刻。即使非常樸實，少年依然打下了難以想像是這個年齡會有的紮實基礎。

「……唔……」

直到現在，歐布萊特才首次感到焦急……正常的魔法師，絕對不會想讓現在的戰況繼續延長下去。不如說只要擁有正常的感性，都會希望能盡快恢復原本的距離。但這個對手是主動縮短距離，還表示這種宛如泥沼般的持久戰正合他的心意。

在看不見盡頭的耐力比賽中，歐布萊特忍不住打了個寒顫——雖然不願意去想，但如果繼續消磨彼此的集中力，自己會不會先犯下失誤？

「……喔喔喔！」

一想到這裡，歐布萊特就忍不住採取強硬的行動。他先做了一個讓雙手往前推的假動作，再立刻全力後退——他在腳踩的地方做出一個斜面，加強踏步的力道，一口氣扯開右手腕的拘束。他同時將握住敵人手腕的左手往前伸，只見對手的姿勢因此被破壞，長袍的衣襬也跟著翻動。

這個孤注一擲的行動順利成功，雙方再次拉開距離。就在歐布萊特鬆了口氣時，從心窩處傳來一陣出乎意料的衝擊。

「……呃？」

腹部挨了沉重的一擊。下一個瞬間，歐布萊特因為發現衝擊的真相而驚訝地睜大眼睛——腳是伸出來的。對手在脫離纏鬥的瞬間翻動長袍，從內側的死角使出了一記腳跟踢，並像是早就瞄準了脫離的瞬間般命中他的心窩。

歐布萊特這才察覺自己的失誤。這就是對方的目的。為了讓慣用手恢復自由，他將右手往後拉，並藉由伸出左手破壞對手的姿勢——拉開距離時的動作，以及從中產生的力量流向，全都被敵人利用在迴旋踢的動作裡。

基礎三流派的打擊技不多，但並不是完全沒有。這招就是其中之一，拉諾夫流魔法劍・踢技「隱蔽之尾（hidden tail）」。這是利用長袍或披風製造的死角，攻擊對手心窩的踢技。

「——冰、雪——！」

雙方拉開距離後，歐布萊特立刻舉起杖劍想施展魔法，但他驚訝地發現自己喘不過氣，無法唸出關鍵的咒語。

並非只是腹部被踢中這麼簡單，遭到攻擊的心窩，其實就是位於肺部下方的橫隔膜。必須先讓那個部位收縮才能呼吸，魔法師也是人類，所以如果那裡受到強烈的衝擊，就一定會暫時陷入呼吸困難。

語。

「風槌擊打（因佩杜斯）！」

眼前颳起一陣強風。迴旋踢不過是一連串動作的開始，奧利佛流暢地詠唱出用來決勝負的咒語。

歐布萊特被踢中後，不僅姿勢變得不穩定，就連咒語都被封住，只能任人宰割。雖然他立刻用雙手護住頭部，但奧利佛像是連這點都看穿般，朝門戶大開的腹部揮下風之巨槌。咳出的血染紅地面後，他仰倒在地。

「看來是你先受不了繼續待在泥沼內呢——Mr.歐布萊特，是我贏了。」

奧利佛擺出中段的架勢俯瞰對手，明確地如此宣告。即使如此，歐布萊特仍像是聽見了陌生的異國語言般，茫然地看著天花板。

掉落在地上的杖劍，揭示了漫長勝負的結果。

「……為什麼……」

康沃利斯看著從被深深劃開的手腕流出的血，跪倒在地上。她像斷了線的人偶般無力地癱坐在地，用顫抖的聲音低喃：

「……為什麼。為什麼就是贏不了……！」

眼淚從眼角滿溢而出，滴落地面。在目睹那個光景的瞬間，原本持續和奈奈緒戰鬥的費伊，眼裡瞬間失去鬥志。

「……嗚……嚕嚕……」

看見費伊無力地垂下手腳，奈奈緒也沒有繼續追擊。在她的面前，費伊的身體急速縮小，只花了十幾秒就變回人類。即使身上的傷口血流不止，費伊仍蹣跚地走向正在痛哭的少女。

「……………冷靜點……是我們，技不如人。就只是這樣而已。」

少年在少女身旁跪下，將手放在她的肩膀上。最後，費伊望向默默看著這裡的雪拉。

「是你們贏了。對不起，Ms.麥法蘭，直到最後都這麼不像樣。」

雪拉搖頭回應對方的道歉。

「不需要為落敗後流下尊貴的眼淚感到愧疚……我只想問一件事。你們一直都這麼討厭我嗎？」

這是個非常令人悲傷的問題。稍微思索了一會兒後，費伊輕聲回答：

「妳沒有任何錯。只是……對她來說太耀眼了。」

少年看著泣不成聲的少女，開始靜靜說道：

「康沃利斯是從麥法蘭分支出去的其中一個分家。即使兩家已經分離許久——但這個家族最主要的存在意義，仍是預防本家的血脈斷絕。在發生意外時成為妳的替身，這就是分家的存在意義。」

「……嗯，這我知道。」

雪拉表情沉痛地點頭——這並不是什麼稀奇的事情。既然探求魔道這件事總是與死亡相鄰，那麼因為被捲入什麼意外或事件導致家族血脈斷絕也是常有的事情。分家就是為了預防這種情況而存在。即使一個家族滅亡，擁有相同血緣的親戚也會繼承這個魔道。

「但她的狀況有點不太一樣。雖然是姓康沃利斯，但她直接繼承了麥法蘭本家的血緣。因為她和妳擁有相同的父親，是西奧多．麥法蘭的私生女。」

費伊的告白，讓奈奈緒困惑地歪了一下頭。

「父親是麥法蘭大人……？請等一下。這表示她是雪拉大人的妹妹嗎？」

「血緣上是這樣沒錯……但按照魔法師家族的慣例，我不能叫她妹妹。父親也同樣不能叫她女兒。」

雪拉的語氣變得非常僵硬。從中隱約透露出身為魔道名門長女背負的業障。

「優秀的血脈應該盡可能濃厚地多保留一點下來。雖然成為魔法師的時日尚淺的妳可能很難體會，但魔道的舊家都遵循著這個原則……『讓本家的優秀魔法師將血分給分家』的慣例，就是其中一個表現。我的父親按照這個慣例，將血分給了康沃利斯夫人。」

無視人類感情的血統主義，這就是魔法師的生活。一想到這是多麼殘酷的事情，費伊就用力咬緊牙關。

「作為妳的備用品，她真的表現得很好。雖然還是比不上妳，但那是因為妳太優秀了。她完全不需要因此被責備。

不過——這就是問題所在。她從本家的血繼承了太多的才能。『比起康沃利斯家的其他孩子，她作為一個魔法師實在太優秀了』。」

「……唔。」

「妳懂了吧。每當她展現出自己的才能，康沃利斯家的父親看她的眼神就會改變。因為那些成果就像是在持續證明——他的血比不上西奧多．麥法蘭。

不過直到十歲前，她都不曉得這件事情。所以她一直以為是因為自己不夠努力，才會被父親疏遠。結果就是……她為了獲得父親的愛所做的一切努力，全都成了讓她被父親更加疏遠的原因。」

雪拉啞口無言地站在原地。少年的側臉充滿了苦澀和悔恨。

「她只是希望自己的努力能獲得回報。她想要展現比妳優異的才能，好獲得真正的父親西奧多．麥法蘭的認同，取代妳成為他的女兒……」

「那是……」

「嗯，我知道。這是不可能的事情。即使真的贏過妳，她的夢想也不會實現。

但她已經沒有其他能夠追求的目標了。無論這個目標再怎麼愚蠢，她也只能透過追求這個目標生存下去……」

「…………」

費伊握緊拳頭，康沃利斯仍在他面前持續哭泣。此時，奈奈緒突然彎下腰，凝視少女的臉。

「……嗚……？……怎、怎樣啦……」

康沃利斯在注意到奈奈緒的視線後，哭著問道。東方少女乾脆地斷言：

「不像呢。」

「——咦？」

「一點都不像。妳不可能有辦法代替雪拉大人。」

「嗚啊！」

這個強烈的指摘，讓大受打擊的康沃利斯整個人往後仰。雪拉困惑地看向朋友。

「奈、奈奈緒……？」

「在下也很困擾。假設雪拉大人明天喪命，之後就得將妳當成她的替身對待嗎？在下辦不到。即使妳在魔道方面比雪拉大人優秀，在下也辦不到這種事。」

奈奈緒坦率地陳述感想。正因為她還沒染上魔法師的價值觀，才能夠毫不猶豫地將這些話說出口。

「人不是道具。誰都無法取代其他人。無論是雪拉大人，妳，還是在下都一樣——只能作為自己出生，作為自己活在當下。」

康沃利斯茫然地坐在地上，奈奈緒說的話她連一半都聽不懂，但只有一件事情可以確定。眼前的少女，正在真摯地與自己對話。

「所以在下想了解的對象不是別人，正是妳本人。我想知道的並非雪拉大人的替身，而是和雪拉大人正面對決的高潔劍士的名字。這樣不行嗎？」

隔了一段距離聽見這些對話後，奧利佛的嘴角露出笑容。

「……看來他們都啞口無言了。每次只要奈奈緒一開口，周圍的人就會變成這樣。」

說完後，他將視線拉回仍倒在地上的歐布萊特身上。

「即使將一枚徽章交給我們，你應該還是有剩吧。明天是最後一天，如果你到時候還沒被淘汰，可以重新跟她打一場……這樣一定會有所收穫。」

歐布萊特沒有回應。他應該已經恢復到能動的程度，但仍一直默默地凝視空無一物的空間。

過不久，他將手伸進懷裡，掏出徽章扔給奧利佛。之後歐布萊特緩緩起身，背對少年走了出去。

「……？等等，Mr.歐布萊特，那裡是通往迷宮深處。」

即使少年提出忠告，當事人依然逕自繼續往前走。奧利佛煩惱了一下該不該繼續阻止對方，但最後還是放棄了——他明白這種想獨處的心情。既然對方看起來已經習慣潛入迷宮，就不需要再多管閒事了。

「——眷屬招來(阿雷斯朋戴奧)。」

但歐布萊特無視奧利佛的體貼，低聲吟詠出不祥的咒語。

氣氛瞬間改變。寬廣的空間裡充滿某種東西在震動的異常聲響。在察覺自己似乎對這個聲音有印象的瞬間，奧利佛立刻環視周圍。

「——這是？」

「你們三個，立刻過來這裡！」

從背後傳來卡蒂充滿危機感的聲音。奧利佛也在同一時間想起——這是振翅聲。讓人不安的異常聲響，正是巨大飛蟲的飛行聲。但附近並沒有蟲的身影，這表示——

「這個警戒聲……！看來我不祥的預感靈驗了！快看上面！這裡不是一般的廣場！那全都是穿刺蜂(sting bee)的巢穴！」

除了歐布萊特以外的所有人都猛然抬頭，同時大吃一驚。他們目睹了像人類那麼大的巨大蜂群，從天花板的所有縫隙飛出來的光景。

「唔……！」

「快逃來這裡！」

奧利佛回過神後，立刻轉身衝刺。從地面長出許多樹枝，在卡蒂招手的地方形成一個臨時避難所，她自己也在避難所的中心替一個香爐點火。從樹枝的縫隙裡傳出一種獨特的刺鼻臭味。奈奈緒和雪拉也立刻衝來這裡。

「呼、呼……！卡蒂，這是……？」

「我點了驅蟲香！應該能撐一段時間！」

「我用手邊的種子做了柵欄！但面對這麼多蟲子應該沒有太大效果……！」

凱用促進成長咒語生出新的樹枝說道。此時，費伊也拉著康沃利斯的手跑了過來。

「抱歉，也借我們躲一下！雖然我們沒什麼立場向你們求助……！」

「別廢話了，快點進來！這種時候還管什麼立場！」

皮特大喊，不由分說地將兩人拉進柵欄。此時他們的上空已經被超過一百隻的穿刺蜂占據。奧利佛在其中一隻特別大的穿刺蜂背上看見剛才戰鬥的對手身影後，大聲指責：

「Mr.歐布萊特，你這是什麼意思！」

面對少年的責備，歐布萊特稍微停頓了一下後，才揮動杖劍。

「……來講點以前的事吧。在我家的傭人裡，有一個普通人的家庭。」

上空傳來低沉的聲音。對方似乎用了擴音咒語，所以才沒有被無數的振翅聲淹沒。歐布萊特繼續對一臉嚴肅的奧利佛說道：

「那家人的獨生女和我同年，她平常負責照顧我和陪我聊天。我從小就接受嚴格的修練，所以她是我少數能夠信賴的對象。

我從某個時期開始會跟她一起下棋。在兩個人能玩的遊戲裡，這最符合我們的喜好。結果是我連戰連勝——但無論輸幾次，她都毫不氣餒地繼續陪我下棋。甚至還會向大人請教訣竅，讓自己的實力一點一點地進步。」

和剛才不同，歐布萊特冷淡的聲音裡感覺不到敵意，但也不包含任何感情。就像是傲慢和高傲的厚殼破裂，從裡面洩漏出乾涸的真心。

「有一天——我第一次下棋輸給她。我的棋路完全被對方的策略吃得死死的，甚至可以說慘敗成那樣反而讓人覺得暢快。她開心地在床上跳了起來，我看了也覺得很高興。雖然輸了很不甘心——但這是我第一次看見別人的努力有了成果。

……這種興奮的心情，只會招來致命的失誤。」

陰暗的眼神浮現出自責和後悔。奧利佛對那個眼神非常熟悉，他自己照鏡子時，也經常看見一樣的景象。沒錯，那是——人在犯下不可挽回的錯誤後才會有的表情。

「隔天，我的心情依然十分雀躍，所以在吃早餐時告訴父母——傭人的女兒第一次下棋贏了我。她用的策略非常出色，我從來沒下過這麼有趣的棋。然後，我當場挨了三發劇痛咒語，痛哭失聲。」

「…………唔！」

「之後我被折磨了半天。在沒有窗戶的地下室內，被重新教育歐布萊特一族該有的心態。當然是伴隨著令人難忘的痛苦和恐懼。

等我終於在傍晚被釋放後，我拖著遍體鱗傷的身體回到房間。我突然很想和她說話。如果能像平常那樣閒聊，我的心情一定會輕鬆不少。

但她之後再也沒來我的房間……在我遭到折磨的期間，他們全家人早就被『收拾』掉了。」

雪拉咬緊嘴唇。少年是出生在魔法界最優秀的武家，雪拉能夠理解他的肩膀上承擔著多麼沉重的責任，以及伴隨而生的種種不合理。

「我在那時候領悟了——我不被允許輸給任何人。我的勝利與敗北，從一開始就不屬於我自己，而是屬於『歐布萊特』。我這個人根本就無法擁有任何東西——無論是接受敗北的權利，還是對擊敗自己的對手表達敬意的自由。」

這段告白，讓奧利佛明白自己之前靠直覺猜到的答案是對的——無論是戰勝對手，還是傲慢地將周圍的人貶低為雜碎，對這個少年來說都只是義務。

其他的存在方式都不會被允許，就連描繪其他生存方式都讓人覺得空虛。歐布萊特的家名和血統的責任緊緊束縛著他的存在。這就是魔法師的罪業。

「奧利佛．霍恩，剛才那一戰你打得非常漂亮。毫無疑問是我慘敗。不過——我是歐布萊特。因此，我必須抹消這個結果。

立刻丟掉杖劍與白杖投降吧。我不會傷害你們，等對所有人施展完忘卻咒語，消除你們這幾個小時的記憶後，就會放了你們。不過……如果你們想抵抗，那我就只能動用這些傢伙了。」

以威脅來說，少年的聲音實在太缺乏感情。卡蒂聽完後，立刻激動地大喊：

「你講的話也太自私了……！你打算用這種作法掩蓋自己的失敗嗎？」

「別開玩笑了！你這混帳，有本事就給我下來！」

凱也跟著大喊。歐布萊特甘願承受兩人的指責，以空虛的眼神望向奧利佛。

「……奧利佛．霍恩，你之前說我是基於義務在鄙視別人吧。」

「…………」

「你說的沒錯。我以後應該也會繼續這麼做。無論輸給誰，或是被誰勸導，我都會將那些事實抹消掉……就像我至今做的那樣，什麼都不會改變，繼續將周圍的人當成雜碎看待。」

訴說完自己的命運後，他將視線移到奧利佛背後——一個淚流滿面的少女身上。

「真是諷刺呢，康沃利斯。我現在打從心底羨慕妳，能夠在落敗後哭泣。」

他說完這句話後，就躲進低空飛來的蜜蜂裡。從地上已經看不見應該是隱藏在天花板附近的歐布萊特。雪拉瞄了在柵欄周圍飛舞的蜜蜂一眼，表情嚴肅地轉向同伴。

「驅蟲香只能再撐幾分鐘……！現在狀況非常不妙！奧利佛，你的意見如何？」

所有人的視線都集中在奧利佛身上。沉默了幾秒後，他握緊拳頭，低頭說道：

「……雖然不甘心，但投降也是一個手段。歐布萊特應該只打算從我們這裡搶走徽章和記憶。這個數量的穿刺蜂，已經超出我們的能力範圍。如果以大家的安全為最優先考量，投降是最好的選項……」

少年勉強擠出聲音說道。雪拉點頭贊成這個意見——同時看向東方少女。

「……奈奈緒，妳怎麼想？」

所有人又換看向奈奈緒，她現在仍緊盯著正上方，像是想要看透對手在蜂群中的身影。

「在下對奧利佛決定的事情沒有異議。不過——如果可以的話，在下想打敗那個人。」

少女的聲音聽起來十分堅定。既不是「想贏」也不是「不想輸」，而是想打敗對方。

「一直執著於勝利，對武人來說很正常。不過——正因為是條漫長的道路，所以敗北也是無可替代的財產。接受失敗，對戰勝自己的對手表達敬意——人必須經歷過這些，才能夠繼續前進。那個人辦不到這種事，所以才會無法踏出腳步，懷抱著無法成長的年幼心靈，一直停留在同一個地方。那樣——實在太令人悲傷了。」

現場陷入沉默。奈奈緒的側臉上，帶著與憤怒和憤慨不同的感情。

「……我無所謂喔。」

過不久，捲髮少女低聲回應。她像是在壓抑自己的顫抖般，用力握緊拳頭。

「我不希望奈奈緒、奧利佛或是雪拉向那種人投降……我現在已經和剛入學時不一樣了。現在的我，已經做好了和不合理戰鬥的覺悟。」

絕對不能一直被人保護。在提議一起於迷宮內共有工房時，卡蒂就已經對自己如此發誓。高個子少年側眼確認她的決心，跟著不悅地說道：

「雖然被卡蒂搶先了，但我也有同感。」

「——凱。」

面對奧利佛充滿糾葛的視線，凱笑著回應：

「你有方法贏吧？你剛才的講法給人這種感覺。如果是因為顧慮我們才決定投降，那我不希望你這麼做。」

凱指出這點——如果真的沒有勝算，奧利佛就不會說「投降也是一個手段」。即使被朋友看穿，少年仍一臉嚴肅地搖頭。

「……我很感謝你們的心意，但還是不行。我不能讓你們承擔這種風險。如果失敗，不曉得會造成——」

奧利佛依然決定要採取較為慎重的方案，這時候突然有人從旁邊揪住他的衣領。

「……喂。把自己當成監護人也要有個限度。」

「咦？」

兩人的視線隔著眼鏡相對。即使是現場最缺乏戰鬥能力的人，皮特仍如此宣告：

「你還不懂嗎？——無論是我、凱，還是卡蒂，都不是為了扯你的後腿才來這裡！」

這句話深深刺進奧利佛的胸口，讓他的表情痛苦地扭曲。

「……是啊，對不起。皮特，你說的沒錯。」

說完這句話後，少年對自己的行為感到後悔。自己單方面將同伴分為守護者和被守護者。這等於是在輕視一起來到這裡的同伴的覺悟。

現場的所有人都不是一無所知的新生。大家都是在接受了金伯利的恐怖和潛入迷宮的風險後，才會各自來到這裡。所以——如果他們明知危險依然期望戰鬥。

「——我來說明作戰計畫。大家把臉靠過來，那邊的兩人也一樣。」

奧利佛沒有理由拒絕，他決定接受這個事實，將康沃利斯和費伊也捲進來，開始說明突破這個狀況的方法。他承受著頭上蜂群帶來的壓力，花了約三十秒的時間說明。

「……真是個誇張的作戰，但我喜歡，算我一份。」

「我也絕對不會調配失敗，交給我吧……！」

凱和卡蒂堅強地接下任務。其他人也接連點頭。在話題有了結論後，縱捲髮少女開口說道：

「……奧利佛，我可以提出意見嗎？」

「那當然。如果有什麼異議，就儘管說吧。」

奧利佛點頭後，轉向雪拉。只要關係到魔法戰的安排，雪拉的意見就絕對不容忽視。在少年的注視下，少女輕輕搖頭。

「我沒有異議，只是想提出一個能增加勝算的意見。

僅限於這次——我打算搬出自己珍藏的絕招。」

做出這樣的開場白後，她開始靜靜說明。接下來的內容，讓同伴們都驚訝地睜大眼睛。

另一方面，在被蜂群包圍的上空，歐布萊特靜靜等待他們做出選擇。

「………時間差不多了。」

他低聲說道。底下那道從香爐升起的驅蟲煙已經逐漸變稀薄。少了那道煙後，就只剩下靠促進成長的咒語設置的木頭柵欄。對這群穿刺蜂來說，那就跟紙沒什麼兩樣。

「——嗯？」

然而，接下來發生的事情超出他的預測。從柵欄裡開始升起新的煙，取代原本那道快要消失的煙。他原本以為是對手還有多餘的驅蟲香，但並非如此。這次的煙效果完全相反——變得更加興奮的蜂群，開始爭相衝向柵欄。

「怎麼可能——『居然主動吸引蜂群過去』。是想自殺嗎……？」

「奧利佛，還沒好嗎？柵欄快撐不住了！」

「還沒！再多吸引一點過來！」

被咬碎的木片紛紛落下，即使凱焦急地大喊，奧利佛仍堅持這麼回應。在被大群蜜蜂襲擊的情況下，反過來點燃吸引蟲子的香——即使知道這是非常愚蠢的舉動，他們也已經沒有退路了。

「……呼——……」

所有人都各就各位時，站在正中央的縱捲髮少女反覆進行深呼吸。她調整體內的魔力循環，解放儲備在子宮內的魔力。雖然步驟和之前讓皮特體驗的一樣——但最後開始出現少年沒有的變化。

「雪、雪拉……！」

「——唔喔——！」

卡蒂和凱被深深吸引，甚至忘了目前的狀況。雪拉身上明顯充滿魔力——即使總量不同，但這部分基本上和皮特那時候一樣，但隨著少女體內的魔力流動增強，她身體的某個部位產生了決定性的變化。

那就是「耳朵」。在同伴的觀望下，雪拉原本圓潤的兩隻耳朵，逐漸變成細長的形狀。那明顯不是人類會有的身體特徵——但除了奈奈緒以外，所有人都明白那代表什麼意義。

「……這沒什麼好驚訝的。你們當中應該有些人早就聽過這個的由來吧？」

雪拉靜靜說道……沒錯，奧利佛也從初次看見她時就知道了。深褐色的肌膚與閃耀的金髮。即使找遍聯合諸國，也沒有任何「人類民族」同時具備這兩種特徵。

這與其說是傳聞，不如說是公然的祕密。據說——「這一代的麥法蘭當家娶了精靈當妻子」。

精靈極為重視種族的純粹性，所以很少和人類生下孩子。另一方面，他們擁有的魔法適性也多到不勝枚舉。如果能夠排除萬難取得他們的血統，對許多魔法師來說都具備重大的意義。

「這是我第一次讓家族成員以外的人看見——果然有點難為情呢。」

少女露出掩飾害羞的微笑，如此說道。她以視線示意自己已經準備好後，奧利佛立刻大喊：

「——時候到了！各位，將杖劍對準上方！雪拉，用妳的詠唱當信號！」

「我知道了。」

八把杖劍一齊被舉高，對準柵欄的頂端，也就是即將被蜜蜂咬破的地方。

「——**在暴風中轟鳴**（馬古努斯）——」

雪拉先一步詠唱。近距離感覺到巨大的力量流動，讓其他成員緊張不已。

「——**以猛烈白光劃破天空**（托尼烏魯斯）！」

「「「「「**雷光奔馳！**」」」」」

所有人的視野都被染成一片空白，甚至無法確認敵人的身影，但奧利佛仍緊接著施展七人份的集束魔法。

在柵欄即將崩壞的瞬間，從裡面爆出炫目的雷光。歐布萊特從上空目睹大部分的蜂群被那道雷光吞噬，驚訝地開口：

「——什麼——！」

被電得焦黑的蜂群墜落地面。聚集在柵欄上方反而成了敗筆，有七成以上的蜂群都被捲入雷擊。即使察覺對手點燃誘蟲香就是為了這個目的——另一件事還是更讓歐布萊特驚訝。

「二節咒語……？難以置信，居然有人在一年級時就會用……！」

也難怪他會感到驚訝。通常一年級生無法使用二節咒語。正因為效果強大，所以也會對尚未成熟的肉體造成過度的負擔。即使勉強施展也不會成功，在最壞的情況甚至會引發爆炸傷到自己。他們最快也要到二年級後半，才能獲得足以承受二節咒語的身體——這是廣為人知的常識。

不過，這終究是針對人類的狀況。精靈當然不被包含在內。

「——在下要上了——！」

歐布萊特甚至沒有時間驚訝。原本由蜂群支配的空間一出現破綻，一道人影就從半毀的柵欄裡衝了出來。歐布萊特見狀，便板起了臉。跨坐在掃帚上的東方少女，正筆直飛向他。

「穿——穿刺蜂們，快擊落她！」

奈奈緒迅速拉近距離。為了阻止她繼續靠近，歐布萊特命令剩下的使魔迎擊。蜂群立刻襲向少女——但牠們用牙與針發動的攻擊全都落空了。奈奈緒用掃帚施展的空中機動（maneuver），輕易將蜂群甩在後頭。

「——居然，全都躲開了——？」

「喝啊啊啊啊啊！」

穿越蜂群的迎擊後，已經沒有任何事物能夠阻止奈奈緒前進。歐布萊特還來不及用咒語迎擊，他騎的穿刺蜂就被一刀兩斷。

「……唔……**減速吧！**」

失去立足點後，歐布萊特的身體就被拋到空中。他用咒語減緩落下的衝擊後著地，並立刻重新舉起杖劍。之後，少女也從空中降落到他面前。她一跳下掃帚，就正面凝視眼前的對手。

「總算讓你降到相同的地面了。」

「…………」

「在下要擊敗你——拔劍吧。」

奈奈緒擺出正眼的架勢，催促對手拔劍。另一方面，歐布萊特則是看向上空，尋找還能使喚的蜜蜂——但少女大喝一聲阻止了他。

「別看上面，看前方吧！在這個決鬥場合，除了你和在下以外，沒有別人！」

「……唔！」

「勝負只屬於我們兩個人！其他人都無法奪走！無論是什麼家門規定，或甚至是神佛都一樣！」

奈奈緒毫無顧忌地說道。誰也無法妨礙。在這場決鬥當中唯一存在的——就只有自己與對手的戰鬥。

武人的眼神既純粹又透徹。正面承受那道光芒，讓歐布萊特內心的某樣東西碎裂了。長年束縛著他的東西，在心裡發出聲音崩毀了。

「……哈、哈哈——」

歐布萊特不自覺地笑了。即使反射性地擺出架勢，他仍不著邊際地想著——上次這麼愉快是什麼時候的事情了。

他很快就想到答案——嗯，沒錯。每次和那傢伙下棋時，都是這種心情。

「——武士，我要上囉！」

「喔——！」

大吼似的宣告完後，雙方同時衝了出去。所有的技巧和攻防都在一步一杖的距離內完結。兩把帶有魔力的刀劍，碰撞出激烈的火花。

「喔喔喔喔喔喔！」

「喝啊啊啊啊啊！」

刀劍的音色響徹周圍——雖然戰況激烈到讓人非常緊張，但同時也讓人覺得有點開心。互不相讓地戰了八個回合後，從那裡傳來其中一方的杖劍掉落地面的聲音。

「——這是一場好比試。」

東方少女維持揮出決勝一擊的姿勢如此宣告。即使從被砍中的肩膀傳來鮮明的痛楚，但就連這份痛楚都讓人感到暢快，歐布萊特輕輕點頭。

「——嗯。」

在說出這句話的同時，他全身都失去了力氣，直接仰倒在地。

「不錯的失敗——這樣我總算能細心領會了。」

他滿足地閉上眼睛——眼皮內側浮現出棋盤的景象。一個懷念的少女在棋盤對面露出笑容。

在魔法師的戰鬥分出勝負，倖存的穿刺蜂也都回到巢穴後，原本充滿寬廣空間的緊張氣氛總算開始消散。

「總算順利解決了……真是的，害我嚇得要死。」

「真是可怕……！奈奈緒，謝謝妳！辛苦妳了！」

凱用力吐了口氣，坐在巨魔旁邊，卡蒂則是用擁抱迎接回來這裡的奈奈緒。此時，在他們的旁邊，縱捲髮少女突然雙腿一軟。

「……唔。果然負擔還是太大了。」

「喂，妳沒事吧……？」

皮特連忙衝過來扶住她的肩膀，其他同伴也擔心地靠了過來，縱捲髮少女像是想讓他們安心般輕輕微笑。

「嗯，不用擔心。我以前就試過在這種狀態下『能用到』二節咒語。只是因為突然有龐大的魔力流過，讓身體稍微嚇了一跳。」

說完後，雪拉像是在確認身體狀況般開合手掌。康沃利斯緊盯著她，輕聲開口：

「……妳對我手下留情了嗎……？」

「咦？」

「我說的沒錯吧。在和我們戰鬥時，妳也能用那招吧。我沒預料到妳居然能施展二節咒語……如果妳一開始就使出這招，我們根本就奈何不了妳。」

少女鬧彆扭似的說完後，別開視線。雪拉露出苦笑。

「雖然妳會這麼想也很正常……但我從一開始就沒打算在一年級生之間的決鬥使用『這招』。如果完全依靠天生的身體性能戰鬥，就算贏了也不會有收穫。」

「……我們明明是親戚，我卻直到今天才知道。沒想到妳居然是『可變型』的半精靈。」

康沃利斯失落地嘟囔。人類與精靈的混血——也就是所謂的半精靈可以分成幾種類型：繼承了許多精靈特徵的外顯型；乍看之下和人類沒什麼區別的潛在型；以及能夠透過滿足特定條件，顯現出兩者特徵的可變型。雪拉屬於第三種，而且還能自己控制變化。

「而且——我想盡可能和妳戰鬥得久一點……畢竟自十二歲以來，我們一直都沒有好好交流過。」

「……咦……」

這個出乎意料的發言讓康沃利斯抬起眉毛。雪拉看著她的臉，開始懷念似的說道：

「我真的很期待一年一度與妳相見的日子。妳從以前就擅長運用促進成長咒語製作花飾，為我們帶來許多歡樂……妳看，這個也是妳做給我的。」

說完後，她從長袍口袋裡掏出一樣東西。那是一個小小的舊花冠。並非將花摘下後再編織而成，而是從種子階段開始施法，讓它長成這樣。康沃利斯驚訝地張大嘴巴。

「妳——妳還把那種東西帶在身上啊。甚至還特地做固定處理……」

「畢竟是充滿回憶的物品，當然要好好保存。」

雪拉在僵住的康沃利斯面前，緊緊將花冠抱在胸口。

「即使不能叫妳妹妹，妳對我來說仍是分隔兩地的家人……正因為只有偶爾能見面，每次看見妳變得比之前成熟，都讓我感到很開心。所以——為了不讓妳蒙羞，我也想讓妳見識一下自己的成長。」

「——————」

「不過，這樣的行為反而傷害了妳……對不起，我都沒有發現。一直都沒能理解妳的痛苦。」

雪拉在謝罪的同時，用雙手包覆對方的右手。她將過去未能傳達的心意灌注在裡面，希望這次一定要傳達到。

「但只有一件事我必須說清楚——我一次都沒有將妳當成自己的備用品。」

就在她直視著對方的眼睛如此宣告的瞬間——大顆大顆的淚珠從康沃利斯的眼睛裡奪眶而出。

「……嗚哇哇哇哇哇……！」

雪拉溫柔地抱住再次開始哭泣的少女。奧利佛和歐布萊特隔了一段距離觀看這副光景。

「……看來光是拿走徽章還不夠讓你們滿意呢。」

「被你戳到痛處了。」

歐布萊特坐在地上說道，站在一旁的奧利佛也露出苦笑。雖然不是真的有什麼事——但奧利佛不知為何想和剛與奈奈緒交手過的歐布萊特對話。

「……找機會再戰一場吧。等我們都變得比今天更強後。」

奧利佛如此低喃。歐布萊特揚起嘴角。

「哈哈——你可別後悔了。體驗過失敗的我，一定會變得更強。」

「光想像就讓人害怕呢……但到時候我也一定會變強。」

奧利佛不服輸地回答。不難想像兩年後，或是三年後——這個對手一定會變成遠比現在厲害的高手。如果有機會再戰，就得做好戰況將遠比這次激烈的覺悟。

「奧利佛．霍恩，你可別疏於鍛鍊。不然馬上就會被我忘記名字。」

「我之後會一直謹記於心。」

兩人的對話到此結束，奧利佛走向同伴。

「好，該回去了。各位，沒有忘記東西或受傷吧？」

「我們這邊剛治好！對不起，害你受傷了……」

「沒關係。我很強壯。卡蒂，沒受傷。真是太好了。」

卡蒂在治療好使魔後鬆了口氣。在從內側用魔法攻擊打破柵欄時，馬可用牠高大的身體保護他們不被蜜蜂襲擊。雖然身上還殘留著牙與針的痕跡，但不愧是強韌的巨魔，牠看起來並無大礙。

「我們也一起走一段路吧……喂，要走囉。別再哭了。」

費伊牽著康沃利斯的手踏出腳步。聽見他的提議，奧利佛瞬間猶豫該不該邀歐布萊特一起走——但對方早就將臉轉了過去，讓奧利佛察覺這是多餘的關心。於是少年率先走在同伴們前面。

「好，出發吧。即使回到一層也不能大意——」

就在奧利佛準備說明回程要注意哪些事時，他突然停頓了一下。

「……？怎麼了，奧利佛。不是要回去嗎？」

「…………」

少年當然也是這麼打算。只是他在廣場深處感覺到一股來歷不明的氣息。

「——那是什麼？」

在奧利佛凝視那裡的期間——某樣東西踏響著地面現身。那是一個在地上爬行的龐大身軀，而且全身都是蠢蠢欲動的肉色觸手。

「——唔——」

獨自坐在較遠處的歐布萊特，首先面臨那個威脅。他驚訝地睜大眼睛，但仍立刻起身舉起杖劍。

「——呃、啊——？」

他還來不及詠唱咒語，身體就被觸手纏住。雖然他立刻砍斷一根觸手，但剩下的觸手仍不由分說地將他拉向本體。被纏住脖子的觸手剝奪詠唱的能力後，歐布萊特完全無法抵抗，就被拉進那團肉裡。

「————」

在對這副光景感到戰慄的同時，奧利佛冷靜地分析這場生死危機。

從那個東西的基本形狀來看，應該是在地上爬行的六腳獸。雖然擁有將近二十英尺的龐大身軀，但由於全身都是密密麻麻的觸手，因此無法窺見詳細的樣貌。有一部分的觸手能夠自由伸縮，伸長後具備能捕捉二十碼外目標的力道與準確度。即使翻遍奧利佛的記憶，也沒有符合這些特徵的魔獸。所以有可能是結合了多種魔法生物的合成獸。

「——奈奈緒，別過去！」

奈奈緒舉起刀準備營救歐布萊特，但奧利佛堅定地制止了她。毫無對策就靠近初次見到的魔獸，根本就是自殺行為，但這不是唯一的理由。他決定避免戰鬥的最大理由——是因為從後面又出現更多相同的魔獸。

而且還是不斷在增加，光是看得見的範圍內就已經有四隻。然後又出現第五隻、第六隻和第七隻——

事到如今已經不需要考慮勝算。奧利佛捨棄所有猶豫，大聲喊道：

「快逃！所有人都快點跑！」

原本愣住的幾個人，因為這道聲音回過神，接著八個人和一隻巨魔就一齊跑了起來。即使穿過廣場回到第一層的通道，魔獸仍毫不留情地追了上來。等跑到只有一條路的上坡時，雪拉轉身詠唱咒語。

「在暴風中轟鳴——以猛烈白光劃破天空！」

震耳欲聾的雷聲響起。剛才將蜂群一網打盡的雷擊，在無法閃避的地形襲向真面目不明的魔獸。觸電的身體被燒得焦黑，碳化的觸手散落在地——但本體仍繼續前進。牠們只被拖延了幾秒，就再次開始追逐獵物。

「這樣也打不倒牠們……！那隻魔獸對雷擊有抵抗力！」

確認攻擊沒什麼效果後，雪拉咬牙繼續奔跑。即使繼承了精靈的血統，她現在仍無法連續施展這種威力強大的魔法。就在她打算改用單節咒語爭取時間時——

「——唔？」

「費伊？」

快速伸長的觸手纏住費伊的腳踝。雖然他立刻想用杖劍砍斷觸手——但在右手也被其他觸手纏住的瞬間，他就失去了抵抗能力。

「——快逃，史黛——」

打算上前營救的康沃利斯被推開到另一邊。被觸手抓住的同伴，就這樣在她的面前被拖進通道深處。被留下的少女幾近發狂地大喊：

「費伊、費伊！不要啊——！」

「不可以！這樣連妳都會——！」

康沃利斯仍想去追被抓走的費伊，但雪拉抓住她的手加以制止，奈奈緒迅速插入兩人之間——

「失禮了！」

然後不由分說地將哭喊的少女扛了起來。一行人拚命砍斷來襲的觸手，跑上長長的坡道。

「呼、呼……！」

「可惡，牠們到底想追到什麼時候！」

「那個身體無法通過狹窄的通道！各位，別放棄繼續跑！」

他們將這當成唯一的希望持續逃跑，在經過宛如永遠般的幾分鐘後，他們總算抵達熟悉的岔路。在分成三條的岔路面前，原本跑在卡蒂背後的巨魔馬可，默默跑向左邊那條最寬的路。

「啊……？」

「讓牠去吧！可以晚點再和牠會合！」

如此安撫捲髮少女後，奧利佛在心裡向馬可道歉。牠很清楚——如果跟自己在一起，卡蒂就無法逃進狹窄的通道，所以才搶先和他們分開。奧利佛對牠周詳的思慮表示敬意，率領剩下的同伴衝進最狹窄的那條路。

「很好！只要來到這裡……！」

奧利佛在奔跑的同時，朝後面瞄了一眼。就在所有人都以為順利逃脫並鬆了口氣時。

「——咦？」

跑在他後面的眼鏡少年，被肉色的觸手纏住手臂。

「——唔！」

奧利佛立刻伸出左手。跑在前面的同伴慢了一拍才察覺狀況。幾乎就在同一時間，觸手襲向少年的身體。

「——啊——」

「皮特——！」

伸出的指尖以些微的差距落空。奧利佛無能為力地看著少年的身體被拉進通道深處。

「——唔——！」

「奧利佛，別過去！」

奧利佛衝動地想折回去，但雪拉用盡全身的力氣抱住他的手。她拚命對想要甩開自己的奧利佛喊道：

「他已經沒救了。你也看到那種魔獸有多強了。就算回去，也只是多一個人被抓住！」

「可是——！」

「奧利佛！」

縱捲髮少女以前所未見的嚴厲聲音喊道。眼淚不斷從她垂下的臉龐滴落地面。

在目睹這個場景的瞬間，奧利佛勉強恢復冷靜，用力咬緊牙關——他自己也很清楚。他們現在能採取的最佳手段，就是盡快去求救。

六人從靠近據點的水池返回校舍後，就立刻去找高年級生。幸好他們的願望馬上就實現了。

「——是你們啊。」

那是一個熟悉的男性聲音。學生主席艾爾文．戈弗雷，率領著包含卡洛斯在內的幾名高年級生站在那裡。奧利佛立刻傳達狀況。

「戈弗雷主席，一層有強大的魔獸在大鬧！一年級的皮特．雷斯頓和另外兩名學生被抓！請你立刻前去救援……！」

奧利佛拚命壓抑焦急的心情，預想要怎麼回答對方接下來提出的問題，但出乎他的預料，戈弗雷沒有提出任何反問。

「我知道……你們的同伴也被抓啦。」

男子冷靜地回答。因此感到不對勁的雪拉靠過來問道：

「你們的同伴『也』？……戈弗雷主席，這是什麼意思？」

少女一開口確認，不祥的預感就開始在一旁的奧利佛心裡不斷攀升。卡洛斯像是在印證這點般開口：

「意思是你們不是第一個。我們已經收到八件相同的報告——以一～二年級的學生為中心，目前已經有十七人以上被抓……根據目擊到的魔獸身影，我們已經特定出原因了。」

卡洛斯說到這裡就停頓下來。戈弗雷代替他說出關鍵的答案。

「『奧菲莉亞．薩爾瓦多利墜入魔道了』。」

所有人聽見後都頓時僵住。氣氛凍結，校舍的走廊陷入沉重的沉默。

「————」

在那當中，只有奧利佛想起一件事。某個聲音鮮明地在腦中浮現。當時在漫無目的地閒聊完後，魔女曾經說過一句話。

——冒險要適可而止，你還是留在校舍認真念書吧——特別是最近這幾個月。

「低年級生立刻返回宿舍。直到事情解決為止，都禁止踏入迷宮。我以學生主席的權限──宣布本校進入戒嚴狀態。」

戈弗雷僵硬的聲音，讓奧利佛不得不認識到一個事實──情況的嚴重程度，遠遠超出自己的預想。

〈完〉

後記

大家好，我是宇野朴人……各位稍微習慣本校了嗎？

即使困惑又害怕，一年級生們還是很快就學會了在金伯利的生存之道……與此同時，他們也接受了這個與死亡比鄰的環境。這表示他們已經確立作為一個魔法師最基本的態度。

想冒險的心情最早就是在這個時期產生……然後，以此為開端的事故也一樣。

當然，本校完全不會懲戒這些行動。一切都如同入學說明的內容，「隨意去做，隨意去死」。學生們也不例外地擁有這個權利。

……於是，下一集就是一年級生篇的總結。

迷宮的黑暗將會愈來愈深。請大家出發前一定要用心做好準備。

請慎重地、勇敢地、明智地——最重要的是，抱持著覺悟前進。

在冒險的終點，他們應該會明白吧。作為一個魔法師度過一生的意義與下場。

戀愛至上都市的雙騎士 1~3（完）

Kadokawa Fantastic Novels

作者：篠宮夕　插畫：けこちゃ

雙騎士將靠史上最閃的閃光，
對抗震撼世界的危機！

逐漸回歸平穩生活的勇也及藍葉，接獲要他們偽裝身分，進到情侶養成學校「戀戰學園」就讀的命令。在勇也謳歌學生生活的同時，神前塾的野望「讓戀愛從這個世界上消失」正在檯面下蠢蠢欲動——

各 NT$200~250/HK$67~83

口是心非的冰室同學 從好感度100%開始的毒舌女子追求法 1～4 待續

Kadokawa Fantastic Novels

作者：広ノ祥人　插畫：うなさか

兩情相悅的對象VS命中注定的對象——
能夠和愛斗拉近距離的人是誰？

對於成功迴避「戀來祭」這個隱藏魔咒的愛斗，涼葉為了讓兩人邁向下一個階段，竭盡全身小小的勇氣，提出約定情侶關係的「戀約者」測驗。而且她心想「我也得為田島同學做些什麼才行」，決定為了愛斗展開傲嬌大作戰！

各 **NT$220/HK$68~73**

八男？別鬧了！ 1~16 待續

Kadokawa Fantastic Novels

作者：Y.A　插畫：藤ちょこ

導師阿姆斯壯的少年成長故事！
與艾弗烈等人在王國初期活躍登場！

妮娜和導師前來探望快要生產的艾莉絲和威爾。他們開心談論即將出生的孩子，連帶聊起導師的過去——描述大器晚成的阿姆斯壯於懵懂少年時期的成長，他與美少年布魯諾相遇並成為夥伴，然後對當時大放異彩的艾弗烈產生競爭心！

各 **NT$180~240/HK$55~80**

無職轉生~到了異世界就拿出真本事~ 1~18 待續

Kadokawa Fantastic Novels

作者：理不尽な孫の手　插畫：シロタカ

魯迪烏斯傭兵團創立！
在回憶的牢房邂逅了意想不到的人物!?

魯迪烏斯從奴隸商人手中救出了莉妮雅，轉眼間一年半就過去了。某一天，德路迪亞族的村落寄來了一封信。「不好了，聖獸大人下落不明！馬上展開搜索！」於是他決定前往大森林說明事情的來龍去脈。再次造訪回憶中的房間，被關在裡面的竟是……！

各 **NT$250~270/HK$75~90**

嬌羞俏夢魔的得意表情真可愛 1~2 待續

Kadokawa Fantastic Novels

作者：旭蓑雄　插畫：なたーしゃ

呆傻不中用夢魔的恐男症還沒克服，
卻先迎來了大危機……？

阿康信奉二次元至上主義，主張自己對活生生的女性沒興趣，不打算承認自己對夜美有好感。夜美和阿康帶著新刊插畫本以社團名義參加了夏季Comiket，可是來找夜美認親的繪師「白白」和阿康表現出卿卿我我的舉動，讓夜美有些失控？

各 **NT$200/HK$67**

這是妳與我的最後戰場，或是開創世界的聖戰 1~4 待續

Kadokawa Fantastic Novels

作者：細音 啓　插畫：猫鍋蒼

一年前「魔女逃獄事件」隱藏的陰謀終將揭曉——
劍士與魔女們的命運將激盪出更加劇烈的火花！

獲得了換上泳裝、準備享受夏日假期的大好機會，伊思卡卻因為與過去營救的魔女——皇廳第三公主希絲蓓爾重逢，使得情勢變得詭譎起來。希絲蓓爾看上了伊思卡，於是試著邀他入夥。愛麗絲莉潔得知妹妹正在調查伊思卡後，也前往了沙漠之中的綠洲都市。

各 **NT$220~240/HK$73~80**

魔法科高中的劣等生

司波達也暗殺計畫 1~2 待續

Kadokawa Fantastic Novels

作者：佐島 勤　插畫：石田可奈

讓榛有希關照，使用獨特「閃憶演算」的見習生，究竟是吊車尾魔法師，還是……？

榛有希敗給司波達也，成為黑羽文彌直屬暗殺者後約兩年。四葉家派遣暗殺者見習生少女櫻崎奈穗到有希身邊，同類互斥的兩人展開奇妙的共同生活。此時，決定了新的任務目標，是企圖暗殺司波達也的教團。奈穗為了展現能力，打算獨斷專行，結果是……!?

各 **NT$220/HK$73**

國家圖書館出版品預行編目資料

七魔劍支配天下 / 宇野朴人作；李文軒譯. -- 初版. -- 臺北市：臺灣角川, 2020.07-
冊；　公分. -- (Kadokawa fantastic novels)
譯自：七つの魔剣が支配する
ISBN 978-957-743-886-7(第2冊：平裝)

861.57　　109006792

Kadokawa
Fantastic
Novels

七魔劍支配天下 2

（原著名：七つの魔剣が支配する 2）

2020年7月13日　初版第1刷發行
2023年6月30日　初版第2刷發行

作　者：宇野朴人
插　畫：ミユキルリア
譯　者：李文軒

發 行 人：岩崎剛人
總 編 輯：蔡佩芬
編　輯：黎夢萍
美術設計：黃永漢
印　務：李明修（主任）、張加恩（主任）、張凱棋

發 行 所：台灣角川股份有限公司
地　址：104台北市中山區松江路223號3樓
電　話：（02）2515-3000
傳　真：（02）2515-0033
網　址：www.kadokawa.com.tw
劃撥帳戶：台灣角川股份有限公司
劃撥帳號：19487412
法律顧問：有澤法律事務所
製　版：巨茂科技印刷有限公司
ISBN：978-957-743-886-7